Im Wellengang

Gedanken zur Corona-Pandemie

Ruth Rechsteiner-Willi

Herstellung und Verlag: BoD – Books on Demand,
Norderstedt
ISBN: 9783752674149

Inhalt

Die erste Welle

Bleiben Sie zu Hause

Das war nicht nur ein Wunsch, sondern eine klare Aufforderung. Zu Hause bleiben ist für alle, die sich dort wohl fühlen, kaum ein Problem. Der Grund für diese Aufforderung schon eher. Plötzlich waren die über Fünfundsechzigjährigen nicht einfach pensioniert oder älter, nein, sie gehörten zur Risikogruppe, den besonders Gefährdeten, denen das Virus besonders arg zusetzen könnte.

Zu Hause bleiben kann eine Einschränkung der persönlichen Freiheit sein oder Freiraum eröffnen für das, wozu mit ausgefüllter Agenda wenig Zeit bleibt. So ist es mir ergangen. Zeit – viel Zeit stand zur Verfügung. Zeit, die zu füllen ich frei war wie ich sie gestalten wollte. Und weil das Schreiben zu meinem Leben gehört, formten sich Worte und Texte fast von selbst. Persönliche Gedanken – Gedanken ohne Grenzen, ins Weite gedacht. Über das eigene Erleben, aber auch Gedanken, die sich mit dem Leben anderer, mit der Gesellschaft in Corona-Zeiten auseinandersetzten.

So war die Aufforderung „Bleiben Sie zu Hause"
kaum eine Einschränkung, sondern bot einen neuen
Raum für das Schreiben. Es wurde eine persönliche
Auseinandersetzung mit der Corona-Pandemie.
Persönliche Gedanken können ankommen, heraus-
fordern, auch ärgern. Ich will sie mit Ihnen teilen.

Ruth Rechsteiner

Quarantäne und Nebenwege

Geweckt wurde ich vom Gesang der Amsel. Ihre Melodienfolgen sind noch abwechslungsreicher als am Abend vorher. Ich lausche entzückt. Dieser kleine Vogel ist musikalisch und freut sich über die eigenen Gesänge, vermutlich. Ich weiss, dass seine Gesänge nicht einfach der Freude dienen; er markiert sein Territorium. Aber an diesem Morgen lasse ich keine nüchternen Gedanken zu. Ich lausche und freue mich, lasse mich überraschen von dem, was Neues aus dieser Kehle kommt. Die Kehle. Das Wort holt mich in die Realität. In der Kehle fühlen sich Viren besonders wohl, verbreiten sich bei guten Voraussetzungen völlig ungehemmt. Noch will ich mich diesen Gedanken nicht überlassen. Ich freue mich über das sanfte Frühlingslicht, in das mein Zimmer immer mehr getaucht wird. Ich liege und lausche. Lasse die Welt mit ihrer unsichtbaren Bedrohung draussen.

Wir spazieren auf Nebenwegen, wo wir garantiert niemandem begegnen werden. Nebenwege, ganz wörtlich ist das zu nehmen. Wir verlassen die gewohnten Wege, suchen neue und finden Wunder am Weg. Blumen, deren Namen wir nicht kennen, fotografieren wir, um sie zu Hause zu bestimmen. Dem Fluss entlang auf Wiesennebenwegen begegnen wir einem Teppich von wilden Tulpen. Begleitet werden wir vom sanften Plätschern des Flusses.

Und stehe dann doch auf. Erste Turnübungen sind ein Muss. Wer weiss, wie lange der Corona-Rückzug dauert, darum die Gelenke bewegen, Arme und Beine in Schwung bringen, den Nacken nicht vergessen, der unter der Corona-Anspannung steif werden könnte. Im Internet nachschauen welche Übungen auch noch sinnvoll wären, damit es nicht langweilig wird. Zeit ist für alles vorhanden. Viel Zeit. Zu viel Zeit? Alles mit Bedacht angehen. Das Frühstück schmeckt köstlich. Die Nachbarin hat frisches Brot gebracht. Noch lassen wir die Zeitung links liegen. Wir sind in einem Ferienmodus, sprechen nicht von Quarantäne. Dabei sind wir buchstäblich interniert, wir Alten. Und finden es auch noch gut, denn dieser Rückzug allein schützt uns vor Corona.

Einsame Spaziergänge auf Nebenwegen. Kein Mensch ist unterwegs – nur wir. Insekten schwirren um unsere Köpfe und beglücken uns, denn auch sie sind selten geworden. Wir freuen uns über den gaukelnden Flug zweier Zitronenfalter und bücken uns über Schlüsselblumen und Duftveilchen, atmen den betörenden Duft ein. Wir machen uns auf den Heimweg, denn schon bald werden die Wege nicht mehr einsam sein.

Nun doch die Zeitung. Wir sind erschüttert über die Zustände in Italien, im Tessin und in andern Kantonen. Wir sind voll Dankbarkeit und Bewunderung für Ärzte und Pflegepersonal, die Tag und Nacht Menschenleben zu retten versuchen. Dieser Einsatz weit über das menschliche Mass hinaus, zeugt von Solidarität, Menschenliebe. Wie oft haben wir über Individualismus und Egoismus geschimpft. Jetzt kommen andere Seiten zum Vorschein. Nicht nur Ärzte und Pflegepersonal leisten Grossartiges, auch die Hilfsbereitschaft für besonders Betroffene ist eindrücklich. Ganz selbstverständlich übernimmt die Nachbarin den Einkauf, denkt mit, ruft an, ob wir noch dies oder jenes brauchen könnten.

Es ist Freitag – und am Freitag ist Schreibwerkstatt in der Kartause. Der Gedanke erfüllt mich mit Wehmut. Ich denke mich in die gemütliche Schreibstube, sehe „meine" Schreibenden, wie sie ihre Köpfe über den Tisch senken und schreiben, einfach schreiben. Ich stelle mir vor, wie sie ihre Texte vorlesen und weiss um den Tiefgang ihrer Geschichten. Ich höre sie in Gedanken. Aber ich kann sie abrufen. Ich kenne die Stimmen. Ich weiss, wie die einzelnen schreiben. Sie kommen mir nahe in Gedanken. So träume ich mich in die Kartause, verweile im schönen Raum, schaue aus dem Fenster, staune über das Grün, die ersten Blumen im Gras. Der Frühling ist da, auch in der Kartause, trotz Corona, und schreiben kann man überall. Schreiben hilft, das Unbegreifliche zu verstehen. Schreiben holt uns aus düsteren Gedanken. Niedergeschrieben verlieren sie ein Stück ihres Schreckens. Schreiben hilft das Unverständliche zu verstehen. So fühle ich mich verbunden mit „meinen" Schreiberlingen, auch wenn wir nicht zusammen in der Schreibstube sitzen.

Und wir spazieren wieder auf Nebenwegen. Begegnen keinem Menschen, dafür dem Drachen. Ob ich mich von ihm zu einer Kindergeschichte inspirieren lasse? Zeit habe ich ja – sehr viel Zeit. Wieviel Zeit wissen wir noch nicht. Werden wir einen Monat oder gar drei Monate zurückgezogen leben, virusbedingt? Nicht zu viel über Künftiges nachdenken. Leben jetzt, von Tag zu Tag – und schreiben.

Kein Flugzeug ist zu hören, der Himmel makellos ohne Kondensstreifen, keine Züge fahren und die Menschen sind still. Und wieder die Amsel, sie weiss nichts von Corona und zwischen all den Schreckensszenarien lese ich von Delfinen, gesichtet im Hafen von Venedig. Die Natur bekommt eine Verschnaufpause. Und auch das ist eine gute Nachricht. Was Klimaaktivisten und –aktivistinnen nicht geschafft haben, das Bewusstsein über den erschreckenden Klimawandel in den Köpfen zu verankern, schafft ein Virus, ein unsichtbares Monster, das die Welt lahmlegt. Die Welt der Wirtschaft und des sozialen Lebens – nicht aber die Welt der Natur. Sie ist stärker.

Auf unseren Nebenwegen-Spaziergängen drehen sich die Gespräche auch über mögliche Chancen der erschreckenden Situation. Werden wir die Zeichen der Corona-Zäsur ernst nehmen? Werden wir wahrnehmen, dass ein ungebremstes Wachstum unseren Lebensraum – und damit die Lebensqualität von uns allen – zerstört?

Werden wir lernen von der auferlegten Entschleunigung, dass Leben nicht bedeutet, möglichst schnell durch die Tage zu jetten, sondern wieder die Qualität von Achtsamkeit und Ruhe schätzen lernen?

20. März 2020

Freiheit in der Beschränkung

Nach dem trüben Sonntag scheint mir das Frühlingslicht an diesem Montag besonders hell und zugleich sanft. Es scheint durch die Zweige unseres Ahorns, der sich mit grünen Spitzen schmückt. Noch verschlafen stehe ich am Fenster, begrüsse dunkelviolette Veilchen und leuchtend gelbe Osterglocken und zwischen allen Blumen vergnügt sich ein Rotbrüstchen-Paar. Der Distelfink beansprucht das ganze Vogelhaus für sich. Wir lassen es noch am Quittenbaum, jetzt da nochmals Kälte kommt. Ich schaue und staune – und das für eine ganze Weile, denn meine Agenda ist leer. Ich darf mir Zeit lassen zum Staunen.

Und mir kommt die alleinerziehende Kurdin mit ihren drei schulpflichtigen Kindern in den Sinn. Die Dreizimmerwohnung ist eng, der Balkon winzig. In einem Blumenkistchen hat sie Kresse und Radieschen gesät. Der Jüngste will spielen, die Älteste macht Aufgaben und die mittlere Tochter hilft der Mutter beim Aufräumen. Zu nahe beisammen sind alle, darum lässt es sich nicht vermeiden, dass bald ein Konflikt ausbricht.

Ich bin nun ganz wach, geniesse das Frühstück. Es fehlt uns an nichts, weil Gabi gut für uns sorgt. Fast von selbst gelangen unsere Lebensmittel vor die Wohnungstüre. Wir haben Zeit. Auch für die Zeitungslektüre. Was früher eine vergnügte Verlängerung des Frühstücksrituals war, lässt uns heute immer wieder besorgt innehalten, einander vorlesen. Die Fallzahlen in Italien und im Tessin nehmen erschreckend zu. Viele Tote – und jetzt wurden die ersten Fälle in Syrien und in den Flüchtlingslagern festgestellt. Dort gibt es keine Seife, geschweige denn Desinfektionsmittel und Distanz halten ist unmöglich. Wir fühlen uns ohnmächtig.

Auf dem gewohnten einsamen Spaziergang entlang unseres Flusses können wir diese Ohnmachtsgefühle für eine Weile vergessen. Sie werden früh genug wieder auftauchen. Doch dieses Frühlingsfest der Natur lässt einfach keine düsteren Gedanken zu! Alles drängt dem Leben zu. Die Knospen der Kirschbäume dick und kaum zu halten. Buschwindröschen und Schlüsselblumen haben ihren grossen Auftritt und die Luft ist von einer seltenen Klarheit. Für einmal sind die Geräusche der Zivilisation verstummt, nur das Plätschern des Wassers, der Ruf des Milans, das Gezwitscher der Singvögel und das leise Rascheln in den Blättern begleiten unseren Spaziergang.

„Bereite dich auf das Schlimmste vor, erwarte das Beste; und nimm es wie es kommt." Sagt Hannah Arendt. Sie weiss wovon sie spricht, hat sie als Jüdin zwei Kriege, den Kalten Krieg, die Krisenjahre der Dreissiger und die Spanische Grippe erlebt und überlebt. Das Beste erwarten und annehmen wie es kommt. Diese Gelassenheit möchte ich lernen. Mit einer Einschränkung. Keineswegs will ich so abgeklärt sein, dass mir das Mitgefühl abhandenkommt. Bei aller Ohnmacht kann ich doch mitfühlend bleiben. Bewusst lasse ich Bilder von Flüchtlingslagern ohne hygienische Infrastruktur, den Kampf der Ärzte und des Pflegepersonals bis zur Erschöpfung für jeden Kranken, die Ignoranz von Regierenden in manchen Ländern, die Hoffnungslosigkeit der Menschen in Kroatien, die nicht in ihre vom Erdbeben zerstörten Häuser zurückkönnen, zu.

Man sagt, das Schlimmste stehe auch uns in der Schweiz noch bevor. Mir bleibt nur, mich an die Regeln zu halten und zu hoffen, dass es besser sein wird als erwartet – und mit Mitgefühl annehmen, was kommt.

„Menschen, die nicht denken, sind wie Schlafwandler", auch das sagt Hannah Arendt. Ja, manchmal wäre es einfacher, nicht zu denken. Manchmal wäre es einfacher, sich um nichts zu kümmern und sich in den eigenen, kleinen Garten zurück zu ziehen. Aber ginge damit nicht eines der höchsten menschlichen Gefühle zugrunde? Das Mitfühlen mit den Leidenden, mit jenen, die es viel schwerer haben als ich? Denken ist ein hohes Gut. Mitfühlend denken ein noch höheres.

Ich gehe in den Garten, gönne mir die Pause vom Nachdenken, überlasse mich dem Staunen über die Natur. Ist nicht die kleinste Primel ein grosses Wunder? Wie geschieht es, dass alles zur rechten Zeit zu blühen beginnt? Ich füge dem Denken, Mitfühlen ein Weiteres dazu: Dankbares Staunen. Überlasse mich eine Weile diesem Staunen, mache Pause.

Und beschäftige mich wieder mit den diversen Verhaltensregeln und Einschränkungen, die – wohlverstanden zu unserem Schutz – vom Bundesrat erlassen wurden. Noch nie in meinen 73 Jahren wurde ich so stark in meiner Freiheit eingeschränkt. Wir

alle sind eingeschränkt in unserer Bewegungs-
freiheit, aber wir nehmen diese Beschränkungen
hin, weil sie zu unserem Wohl sind. Unsere Regierung tut gut daran, diese durchsetzen zu wollen.
Wir werden uns später wieder mit dem eigentlichen Sinn von Politik beschäftigen. So, wie es Hannah Arendt sagte: „Der Sinn von Politik ist Freiheit.“
Möglicherweise ist manchmal Freiheit gerade in der
Beschränkung.

23. März 2020

Trauer und Abschied in Zeiten von Corona

Wir leben ganz gut in Zeiten von Corona. Wir sind ja auch privilegiert! Wohnung, je ein Schreibtisch und der Garten – so bewegen wir uns zwischen den möglichen Orten – mal allein, dann wieder zusammen. Die Mahlzeiten zelebrieren wir, kochen gut und gesund. Manchmal aufwändig. Und am Abend immer ein Glas Wein. So bleiben wir nicht nur auf engem Raum in Quarantäne, sondern auch zusammen. Bis jetzt gelingt es uns, dass wir einander nicht auf die Nerven gehen. Wie wird das sein in vier Wochen, drei Monaten? Wir alle wissen nicht, wie lange diese Isolation von der Welt dauern wird. Was wir wissen ist, dass wir einander und uns ganz persönlich Sorge tragen müssen, damit wir diese Zeit bis zum Ende gut durchstehen.

Diese Glocke aus Stille, die meistens über Bruggen hängt, ist ein seltsamer Gegensatz zum emsigen Treiben der Vögel. Werden die Amseln nisten dort im grossen Rosmarin? Wir wünschen es uns! Wir haben Zeit zum Beobachten. Emsig sind auch die Rotbrüstchen, Distelfinken und Meisen. Vermutlich ist das jeden Frühling so, aber jetzt haben wir Zeit, alles wahrzunehmen, was sich tut in unserem Garten. Ja, es ist tatsächlich ein grosses Privileg, der Natur so nahe zu sein! Sie schenkt Zuversicht.

Aber was fängt man an mit der Traurigkeit darüber, kranke, sterbende Menschen nicht besuchen zu können, ihnen nicht nahe zu sein? Mein Bruder ist schwer krank. Er ist umsorgt von seiner Frau, aber als Schwester möchte ich ihm dann und wann auch physisch nahe sein. Das geht nicht. Das sind die wirklichen Einschränkungen.

Wir versuchen, diese Einschränkungen auf langen Spaziergängen zu verarbeiten. Die Bewegung im explodierenden Frühling tut gut. Die Gedanken ordnen sich. Ich erfahre, dass physische Nähe zwar wünschenswert ist, aber die Nähe in Gedanken einen grossen Wert hat. Und so sehe ich wieder die Biberspuren, die seltenen Blumen, das Blühen des Weissdorns und die dicken Knospen der Kirschzweige.

Wohin mit der Traurigkeit, dass wir die Familie nicht treffen können? Unser Enkel, sechs Jahre alt, verändert sich so rasch. Wir sehen es, wenn wir per Skype mit ihm in Kontakt sind. Ostern, seinen Geburtstag wird er ohne uns feiern, wenigstens physisch ohne uns.

Wenn der Sohn zu Besuch kommt, reden wir auf Distanz im Garten miteinander. Er ist im Homeoffice, wie lebt er seine Kontakte?

Viele leben allein, haben keinen direkten Austausch zu Hause. Wie gelingt es ihnen, die langen Stunden der Einsamkeit zu ertragen, ja sie gut zu füllen? Auch da fühle ich mich privilegiert. Ich habe einen Partner.

Der Austausch über Gelesenes, über Geschriebenes, aber auch über News ist gewährleistet. Im Gespräch sortieren wir die News. Überlegen, worauf wir uns einlassen müssen und welche Neuigkeiten uns nur unnötig belasten. Trotzdem aufmerksam wahrnehmen, was sich auf diesem Planeten tut, nicht den Kopf in den Sand stecken. Wir können uns auch zusammen fürchterlich ärgern über gewisse Regierungschefs – und wir freuen uns über die Kompetenz unserer Regierung.

Kurt werkelt im Garten. Vieles muss er allein machen, weil mein operierter Arm noch nicht so belastbar ist. Er macht es offensichtlich gerne.

Ich bestelle Blumensetzlinge online und hoffe sie selber einpflanzen zu können. Dieser Arm ist im falschen Moment gebrochen! Ich kann nicht mehr in die Physio. Einen Besuch in der Arztpraxis zum Röntgen lasse ich bleiben. Ja, auch ich habe grossen Respekt vor einer Ansteckung.

Und ich freue mich über all die Kontaktmöglichkeiten per Mail, Telefon, Skype und anderen Kanälen. Ich habe Gespräche mit Menschen, zu denen ich den Kontakt etwas verloren glaubte. Und in diese Kategorie gehört ganz entscheidend der Kontakt mit meinen Schreib- und Lesefreundinnen! Wie schön ist es, dass wir Freitagsschreibenden Texte austauschen, einander teilhaben lassen am Erleben dieser besonderen Zeit. Das macht Mut – und so wird die notwendige physische Distanz auch zu einer Chance.

„Auf Distanz gehen – und trotzdem zusammen sein." Jemand hat mir diesen Satz geschickt. Ja, das können wir versuchen, wir alle zusammen. Und so zusammen den Frühlingstag geniessen.

28. März 2020

Verfügbarkeit – verfügbar

Manchmal gebraucht, ohne viel nachzudenken. Ein Wort wie viele andere „verfügbar". Was bedeutet es? Wann ist es angebracht, es zu gebrauchen. Ist Verfügbarkeit wünschenswert? Wollen wir verfügbar sein?

„Die Person, die sie wünschen, ist nicht verfügbar", sagt die Automatenstimme in mein Ohr. Ich will ja nicht über die Person verfügen, nur mit ihr reden, mich austauschen. Keineswegs über sie verfügen. Verfügen wir über Menschen? Das ist bestimmt nicht wünschenswert. Will ich eine Person wünschen? Die Ansage vom Telefonbeantworter verwirrt mich und weckt meinen Widerspruch. Ich wünsche keine Person und ich will schon gar nicht über sie verfügen! Soviel weiss ich. Was mache ich nun mit diesem verflixten Wort „Verfügbarkeit"?

Es sind nicht genügend Masken verfügbar, so lese ich in der Zeitung. Die Masken reichen knapp für das Pflegepersonal, aber nicht für die ganze Bevölkerung. Der Staat verfügt über Masken zum Schutz vor Corona. Jemand muss darüber verfügen, und ich finde es durchaus richtig, dass ein Gut, das nur beschränkt verfügbar ist, jenen zugute kommt, die es besonders brauchen. Und wer würde bezweifeln, dass Masken zum Schutz jener, die um Menschenleben kämpfen, in erst Linie verfügbar sein müssen?! Der Staat entscheidet über das Verfügbare. Ein neuer Gedanke. Bisher fühlte ich mich in diesem Land frei, um über die zur Verfügung stehenden Güter verfügen zu können.

Ein heller, sonniger und kalter Tag ist heute am 31. März 2020. Seit knapp drei Wochen lebe ich isoliert vom öffentlichen Leben. Fahre nicht Bus, nicht Zug, lasse mir die Lebensmittel ins Haus bringen. Ich verfüge nicht mehr über die Freiheit, überall hin zu gehen. Ich bin ein Risikofall – und als solcher halte ich mich an die vorgegebenen Regeln. Die Welt ausserhalb ist nicht mehr einfach verfügbar.

Aber ich verfüge über die Freiheit, viel Zeit zu haben, um im Garten buchstäblich zu lustwandeln – was für ein Wort! In der Hektik der Tage völlig in Vergessenheit geraten! Lustwandeln kann nur, wer Zeit hat. Ich verfüge über die Freiheit und Zeit, in aller Ruhe meine Blumen zu betrachten. Weil sich die Zeit so dehnt, ist es durchaus gut, die zur Verfügung stehende Zeit zu füllen mit Staunen, Verweilen und Lustwandeln.

Über die persönliche Freiheit verfügen zu können, das lebe ich seit gut siebzig Jahren. Doch seit drei Wochen ist es anders. Ich informiere mich, worüber ich noch verfügen soll/darf. Ich weiss, es ist zu meinem und der Gesellschaft Schutz. Also bestimmt der Bundesrat über das Mass meiner verfügbaren Freiheit. Das akzeptiere ich, ohne Frage. Empfinde die Einschränkungen als klug, keineswegs als Zumutung. Und richte mich ein in der mir zur Verfügung stehenden Freiheit.

Über vieles kann /darf ich im festen Rahmen meines Zuhauses verfügen. Ich schreibe – bin froh, dass mein Computer funktioniert, genügend Energie zur Verfügung steht. Noch. Ich lese und weiss, dass mir über verschiedene Kanäle unzählige Bücher zur Verfügung stehen. Diesen Reichtum an Literatur schätze ich besonders. Ich koche, weil mir von Nachbarn Lebensmittel vor die Haustüre zur Verfügung gestellt werden. Noch. Manches ist nicht mehr oder vorübergehend nicht verfügbar, wie die Hefe zum Beispiel. Warum gerade Hefe, frage ich mich. Warum wurde Hefe gehamstert, sodass die einzige

Hefefabrik im Land nicht mehr genügend zur Verfügung stellen kann. Hefe, Brot, das tägliche Brot soll jederzeit und jeden Tag zur Verfügung stehen.

Ich lese Zeitung und einmal mehr spüre ich dieses leise Erschrecken, wenn da steht, dass wir für die Verfügbarkeit von Medikamenten in Zeiten der Globalisierung von China und Indien abhängig sind. Was, wenn die Länder die Grenzen dicht machen? Für sich selber die Verfügbarkeit sichern wollen? Es rächt sich, dass viele Güter nur im globalen Markt verfügbar sind. Weise Voraussicht war das nicht, in vielen Bereichen global zu denken und zu handeln.

Und ein noch grösseres Erschrecken, wenn ich lese, dass in vielen Ländern nicht genügend Intensivpflegeplätze verfügbar sind, um alle Corona-Schwerkranken zu behandeln. Es tröstet mich etwas, dass wenigstens in diesem Bereich die Grenzen nicht dicht sind. Die Schweiz Schwerkranke aufnehmen kann, weil noch Betten verfügbar sind.

„Die Person, die sie wünschen, ist nicht verfügbar", die Ansage verfolgt mich. Ich wünsche keine Personen, und ich will schon gar nicht über sie verfügen. Aber der Austausch mit der Familie, mit Freunden, Freundinnen, mit Bekannten und Verwandten, mit Gleichgesinnten, mit Einsamen, mit Kranken, mit Schreibfreunden und –freundinnen, mit Literaturbegeisterten, der ist mir gerade in dieser Zeit ein Grundbedürfnis. Ich brauche die Gespräche, den Austausch, die Begegnung mit Menschen, auch wenn diese Begegnungen nicht mehr im direkten Körperkontakt sind. Manchmal ist die Nähe über das Telefon, über eine Mail oder per Skype tiefer und spürbarer als wenn wir einander umarmen könnten. Wie schnell umarmen wir in Nicht-Corona-Zeiten! Spüren wir dabei immer Nähe? Nähe zu schaffen ohne direkten Körperkontakt, braucht Feingefühl in jedem Wort, die Bereitschaft, ganz da zu sein im Gespräch. In diesem Sinn, so hoffe ich, sind wir füreinander „verfügbar". Und so gewinne ich diesem Begriff doch noch etwas Gutes ab.

31. März 2020

Spaziergang von Bruggen in die Stadt

Drei Wochen lang bewegte ich mich zwischen Wohnung, Garten und einsamen Wegen der Sitter entlang. Jetzt muss ich in die Stadt zur Ärztin, um meinen gebrochenen Arm zu röntgen. Ich habe ein mulmiges Gefühl, denn wir sollten ja zu Hause bleiben, was uns über 65 Jährigen nachdrücklich ans Herz gelegt wird. Ich halte mich an Corona-Regeln. Vorsorglich ein Telefon mit der Praxisassistentin, die mir nahelegt zu kommen, man müsse den Bruch kontrollieren und die Praxis sei sowieso leer.

Wie komme ich in die Stadt? Bus und Bahn kommen für mich nicht in Frage, also bleibt nur der Spaziergang von Bruggen zum Hauptbahnhof. Müsste leicht zu bewältigen sein. Zum Glück habe ich nicht das Bein gebrochen. Eine knappe Stunde muss ich rechnen für den Weg.

In den kleinen Gärten des Bruggenquartiers blühen inzwischen auch die Osterglocken. Die Schneeglöcklein sind definitiv verblüht. Ich gehe zügig und begegne niemandem. Ich schaue aufmerksam zu den Häusern hoch, sehe manchmal ein Gesicht hinter der Glasscheibe. Wie viele leben wohl allein in

31

diesen Häusern? Wer schaut zu ihnen? Wer kauft ein? Dann sehe ich wieder einen der vielen Flyer, an einem Gartenhag. „Wir kaufen gerne für Sie ein!" Dazu eine Telefonnummer. Diese Hilfsbereitschaft ist also gewährleistet.

Bewusst wähle ich den Weg der Hauptstrasse entlang. Kaum Verkehr, Fussgänger schon gar nicht. Nicht nur in ihren Wohnungen sind manche Menschen allein, auch ich bin allein unterwegs. Die Strasse, über die sonst eine geschlossene Autokolonne fährt, erlebe ich ganz neu. Es ist still. Ich höre das Vogelgezwitscher und erschrecke fast als sich der Motorenlärm eines Lastwagens nähert. Bei der Kirche St. Otmar wähle ich autofreie Wege. Auch da ist niemand. Aber Erinnerungen tauchen auf. Hier verbrachte ich einen grossen Teil meiner Jugend. Die Quartierbeiz in der wir uns damals trafen, ist jetzt eine einfache Moschee. Die kleine Wiese mit den Osterglocken gibt es noch – die sind jetzt in Vollblüte.

Der kurze Weg den Bahnschienen entlang führt mich direkt in die Bahnhofunterführung. Weit und hell ist sie seit der grossen Bahnhofsanierung. Bietet viel Platz für Menschen auf Reisen. Jetzt ist niemand hier. Doch, eine einzige Person kommt mir entgegen. Es ist unser Ständerat. Er kommt wohl aus Bern. Unser Parlament tagt zwar nicht, aber unsere Vertreter und Vertreterinnen werden nicht tatenlos sein. Die Demokratie muss funktionieren, wenn auch auf Sparflamme. Darüber diskutieren, was der Bundesrat anordnet, werden National- und Ständeräte. Sie bleiben – auch in der „Ausserordentlichen Lage" – das oberste Gremium in unserer direkten Demokratie. Der Ständerat und ich bleiben auf Distanz, lächeln und für einmal plaudern wir nicht miteinander.

Ich überquere den Bahnhofplatz, nehme die vielen Taxis wahr. Keines ist gefragt. Gelangweilt sitzen die Chauffeure hinter dem Steuerrad. Nicht nur gelangweilt, sie sind vor allem besorgt. Verdienen kaum etwas. Werden sie die dringend notwendige Unterstützung vom Bund erhalten? Eine Berufsgattung, die auch in normalen Zeiten zu kämpfen hat. Doch auch ich werde kein Taxi nehmen für die Heimfahrt.

Die Post hat geöffnet. Sie ist gefragt, die Post. Eine Möglichkeit des Warenaustausches. So muss nicht ganz auf Shopping verzichtet werden. Aber auch das

Geburtstagspäcklein für unseren Enkel werde ich der Nachbarin zur Beförderung übergeben können. Die Bibliothek ist geschlossen. Zum Glück kann man Bücher online bestellen. Vor dem Neumarkt sehe ich erstaunlich viele Grauhaarige, über 65-jährige. Sie sollten nicht selber einkaufen. Ich ärgere mich, dass sie sich nicht an diese Regeln halten. Gelesen habe ich, dass viele diese Einschränkung als diskriminierend empfinden. Unverständnis meinerseits. Die Jungen müssen auf vieles verzichten mit Rücksicht auf uns Risiko-Leute. Da wäre die Einhaltung dieser Regel ein kleines Zeichen von Solidarität.

Ich komme in der Praxis an. Tatsächlich ausser mir hat es keine Patienten. Ich sehe, wie das Röntgengerät sorgfältig desinfiziert wird und schon bin ich an der Reihe. Meine Ärztin hat viel Zeit für mich. Sie hat kaum etwas zu tun und so tauschen wir aus über die besondere Situation von Ärzten und Pflegepersonal in Zeiten von Corona. Wir denken an die besonders Betroffenen. Mein Arm ist in Ordnung, braucht aber noch Zeit zum Heilen.

Den Heimweg wähle ich über das Areal der Lokremise. „Lok Down – bleibt gesund". Da wo sonst die Ankündigungen von Tanzperformance, Filmen oder Ausstellungen prangen, nur diese Worte. Ich bleibe stehen. Auch auf diesem, sonst so belebten Platz, bin ich allein. Ich lasse mir Zeit, denke an all die Kulturschaffenden, die über Monate geprobt haben, an die Organisatoren und Organisatorinnen, die uns ein abwechslungsreiches Kulturprogramm bieten wollen, die nun all das auf später verschieben müssen. Ich denke auch an die vielen Erlebnisse, die ich in diesem Kulturzentrum schon geniessen durfte. Und an die feinen Essen in der Lok, die Plauderstunden beim Glas Wein. Jetzt ist alles still. Keine Begegnung, kein Film, keine Tanzperformance. Doch der Gedanke an den eigenen Verzicht rückt in den Hintergrund. Vielmehr denke ich an die Kulturschaffenden, die ohne Einkommen sind, auf die Zuwendungen des Bundes angewiesen, an die Mitarbeitenden von Restaurants... Der Gedanke, wie viele existentiell vom Virus betroffen sind, lässt mich frösteln.

Über die Kreuzbleiche wandere ich weiter. Auch die Militärkantine ist zu, die Berufsschule... Ob das Verwaltungsgericht arbeitet? Ich denke schon. Der Weg führt mich ins Lachenquartier. Ein beliebtes Wohnquartier, liess ich mir sagen. Und ich verstehe es. Schöne Häuser, gepflegte Gärten, Spielplätze.

Hier wird wohl gelebt. Doch heute ist alles still. Keine Kinder auf der Strasse, keine Nachbarn plaudern miteinander. Beklemmend ist diese Totenstille. Das Geplauder von Menschen fehlt, die Rufe der Kinder. Und ich schaue hoch zur Fassade eines Wohnblocks, stelle mir vor, wie Familien eng zusammen sitzen. Die Eltern im Home Office, die Kinder mit Schularbeiten beschäftigt, spielend, zankend. Eine Herausforderung für alle. Es wundert mich nicht, dass das Frauenhaus bereits voll ist, die Beratungsstellen ausgelastet.

Beim Tröckneturm zweige ich ab in Richtung Bruggen. Dort soll bald ein neues Erholungsgebiet rund um den Weiher entstehen. Hoffentlich bald! Sobald es das Virus zulässt. Alles muss verschoben werden. Der kurze Weg dem plätschernden Bächlein entlang lässt mich solche Sorgen vergessen. Die Natur ist für alle da, ohne Einschränkung. Trotz Virus meldet sich der Frühling mit aller Kraft zurück.

3. April 2020

Die Erde erholt sich von den Menschen

Das Zitat eines russischen Musikers erfüllt meine Gedanken an diesem Sonntag. Die Luft ist rein, so rein wie schon sehr lange nicht mehr – und das über Kontinente. Und ich atme frei. Ob ich mir das einbilde, weil ich weiss, dass die Luft gut ist? Oder ob es tatsächlich so ist, das weiss ich nicht. Der Himmel jedenfalls ist von einem fast betörenden Blau, nichts, gar nichts stört dieses Blau. Der Milan, der schwerelos sein Muster in den Himmel malt, sorgt mit seinem schwarz, braun, beigen Farbenspiel der Flügel für Kontrast. Und es scheint mir als würde diese Erholung von den Menschen vom Himmel lachen und sich auf die Erde legen, wo das grosse Blühen kein Halten mehr hat.

Die Erde erholt sich von uns Menschen – brauchte es dafür tatsächlich ein zerstörerisches Virus? Bringt uns erst diese Winzigkeit zum Nachdenken? Dieses Es, unsichtbar für uns Gewöhnliche, sichtbar wird es nur für Wissenschaftler mit besonderen Mikroskopen. Corona-Virus. Kronenvirus. Der Name irritiert mich, lässt mich nachdenken. „Kronenvirus" - haben nicht wir uns immer mal wieder als die „Krone der

Schöpfung" betrachtet? Auch wenn diese Einschätzung mit den Jahren verblasst ist, so denken wir doch, dass (fast) alles machbar ist. Wir die Krone der Schöpfung sind, die Probleme lösen werden. Wir liessen uns nicht beirren in unserem Wahn des Immer Mehr, des Immer Schneller. Der Wirtschaftsmotor muss brummen, um jeden Preis! Um jeden Preis? Die Erde sendet ihre Botschaften, deutlich für alle, die sie hören wollen. Und viele wurden gehört, vor allem von den Jungen. Sie warnen, sie demonstrieren, sie rufen laut: Es ist genug! Opfert nicht unsere Zukunft dem irrsinnigen Wahn nach dem Immer Mehr! Der Begriff Klimawandel wurde gehört. Doch hat ein breites Umdenken angefangen?

Sich einschränken, die Wirtschaft an den zweiten Platz zu verweisen, das gelang erst diesem winzigen Es, das niemand sieht, aber allgegenwärtig ist. Es bedroht uns, jeden einzelnen, jede einzelne existentiell. „Es" könnte auch mich treffen. Das ist konkret. Nicht abstrakt, wie eben der Klimawandel, die Zerstörung unseres Planeten. „Es" hat schon viele getroffen, warum nicht auch mich?

Und so bleiben wir zu Hause, halten Distanz zu anderen und hoffen, dass „Es" nochmals glimpflich an uns vorbei gehen wird. Wir erleben den Wert der Ruhe, wir freuen uns über die Stille und die reine Luft. Wir vermissen weder Flugzeuge noch Kondensstreifen. Wir richten uns ein in unserem Zuhause und entdecken längst vergessene Schätze. Fotos vielleicht von einer Reise, damals noch per Velo quer durch die Schweiz. Oder wir entdecken jenes Buch, das uns Welten eröffnete, die unser Denken und Fühlen für den Rest des Lebens beeinflusst haben. Wir blättern in Fotoalben und lachen darüber, wie wir damals vor fünfzig Jahren frisiert und gekleidet waren. Wir richten uns ein bei uns selber. Der Drang „nur weg" ist weg, Flugzeug buchen, jenen Strand oder diese Stadt unbedingt sehen zu müssen. Wir richten uns ein bei uns ganz persönlich und bei uns zu Hause. Wir bleiben – und der Wunsch fort zu sein, wird immer kleiner.

Wir erholen uns von der vollen Agenda, den vielen „das muss ich noch" und „Wäre es nicht an der Zeit, endlich wieder einmal .... ?" Wir erholen uns von dem Zuviel, dem Zuschnell, der Übersättigung. Wir erholen uns – und die Erde erholt sich von den Menschen.

Das ist die eine Seite der Medaille. Die Seite der Privilegierten, der Verschonten, der am Randbetroffenen. Aber es gibt die andere Seite der Medaille. All jene, die um jeden Atemzug kämpfen am Atmungsgerät angeschlossen. Jene, die sie pflegen bis zur Erschöpfung. Es gibt Länder, in denen viele wegen diesem verflixten winzigen „Es" alles verlieren, keinen Job, keine Krankenversicherung haben. Jene, die hoffnungsvoll ihr eigenes Geschäft aufgebaut haben und nun keine Löhne mehr bezahlen können, aufgeben müssen.

Es gibt inzwischen Tausende, die nicht zu retten sind und einsam, ohne den Trost ihrer Angehörigen sterben – und die Angehörigen, die nicht Abschied nehmen können.

Und es gibt jene namenlose Masse in Flüchtlingslagern, die dem Corona – welch' perfider Name – völlig ungeschützt ausgeliefert sind. Und es gibt jene, ebenfalls inzwischen ungeheure Masse, die wegen der Inkompetenz ihrer Regierungen nicht rechtzeitig erfahren, wie sie sich schützen können. Die andere Seite der Medaille.

Und ich frage mich, trifft dieses „Es" einmal mehr all jene, denen es eh schon schlechter geht als jenen auf der anderen Seite der Medaille. Es ist wohl so. Und es drängt sich die Frage gross und mächtig mir auf: Gibt es auf dieser Erde jemals Gerechtigkeit? Der Philosoph Michael Sandel schreibt in seinem Buch „Gerechtigkeit – wie wir das Richtige tun", man müsse sich die Frage stellen, nicht nur im persönlichen Leben: „Was ist ein gutes Leben?"

Solche philosophischen Überlegungen haben jetzt, da es für viele ums existentielle Überleben geht, wenig Raum. Trotzdem denke ich, wirft uns dieses Virus auf solche Grundfragen zurück. „Was ist ein gutes Leben?" Könnte es sein, dass es um ganz andere Werte geht als um dieses verrückte Immer mehr und immer schneller? Wer auf der privilegierten Seite der Medaille lebt, macht sich vermutlich diese Überlegungen, denn trotz den Einschränkungen machen manche die Erfahrung vom Wert des Einfachen, der Ruhe, des Staunens, des Mitfühlens, des gründlichen Nachdenkens. Und fühlen sich plötzlich befreit von dem ewigen Zuviel.

Es gibt Weite für echte Erlebnisse, die Luft wird durchsichtig wie an diesem wunderbaren Sonntag mit seinem durchsichtigen Himmel. Ein Sonntag, den wir, die wir auf der privilegierten Seite der Medaille sind, dankbar geniessen dürfen – im Mitfühlen und Nachdenken über jene, die auf der anderen Seite der Medaille sind.

„Die Erde erholt sich von den Menschen" – und vielleicht erholen sich dann auch immer mehr Menschen. Allen Kranken und vom Virus Betroffenen wünschen wir das.

5. April 2020

Weisheit oder Geduld

Mit der Zeit wird dem Menschen klar, dass die grösste Anforderung, die das Leben an uns stellt, nicht die Entwicklung von Weisheit, sondern von Geduld ist (Christine Fischer, St. Galler Autorin im Buch „Am Montag im Mai, Orte").

Geduld ist die Kunst, warten zu können. Ich habe die Chance diese grösste Herausforderung, wie Christine Fischer schreibt, tagtäglich zu üben in Zeiten von Corona. Wie alle Entwicklungsschritte gelingt das nicht von heute auf morgen. Es braucht Zeit. Wir Alten haben Zeit. Aber für all jene, die nebst Home Office, Familie und Einkaufsstress sich auch noch um Geduld bemühen müssten, tönt das wie Hohn. Und dennoch hilft gerade diese Tugend in schwierigen Lebensphasen. Geduld, wenn im Home Office nicht alles auf Anhieb gelingt, Geduld, wenn die Kinder mit der „ausserordentlichen Lage" überfordert sind, Geduld, wenn niemand sagen kann, wie lange diese noch dauern wird.

Und nicht zuletzt, Geduld mit sich selber haben, wenn an manchen Tagen diese unwirkliche Atmosphäre, die Ungewissheit und Unsicherheit fast nicht zu ertragen ist. Geduld mit sich selber – und zu sich Sorge tragen. Sich selber immer wieder etwas gönnen, zu liebe tun.

Und von den „Alten" darf diese Geduld in allen Bereichen erwartet werden. Ich habe einen grossen Teil des Lebens hinter mir und noch kaum einmal eine Situation wie diese erfahren, nichts tun zu können, um diesen Zustand zu beschleunigen oder gar beenden zu können. Geduldig warten bis Entwarnung gegeben wird, gerade auch für uns Risikofälle. Ich denke, dass diese gelassene Geduld sich auf andere auswirken könnte, indem wir annehmen, was nicht zu ändern ist.

Ostern – auch ich ertappe mich dabei, dass ich mir wünschte, mit meiner Familie das Fest feiern zu dürfen, einfach in die Stadt fahren und selber den Osterhasen für den Enkel einzukaufen. Wünsche sind da, aber auch das Wissen, dass solche Wünsche eher schneller wieder in Erfüllung gehen werden, wenn ich mich in Geduld übe. „Die grösste Anforderung, die uns das Leben stellt, die Entwicklung von Geduld", schreibt Christine Fischer. An einen Virus hat die Autorin beim Schreiben wohl nicht gedacht. An diese komprimierte Anforderung an uns alle dachte niemand.

Ostern – das Frühlingsfest, das Fest des Lebens überhaupt, wird auch erst nach geduldigem Warten. Die langen Monate, während denen scheinbar nichts wächst, die Dunkelheit und Kälte müssen ertragen werden, aber wir wissen – vor allem wir Alten! – dass nach jedem Winter der Frühling kommt. In diesem Corona Frühling erlebe ich dieses Fest des Lebens besonders intensiv! Diese wunderbaren Tage, einer schöner als der andere, lassen die Natur in einer einzigen Grossdemonstration des Lebens erwachen. Vielleicht uns zum Trost, weil wir so wenig wissen wie lange und wie stark wir dieser unsichtbaren Macht dieses Virus ausgesetzt sind. Die Natur ist gerecht. Wer offene Sinne hat, darf diesen Trost erleben, auch in dunklen Stunden.

In besonderem Mass ist Geduld gefordert von allen direkt Betroffenen, den Kranken zuerst, den Trauernden, die Ärzte und Pflegenden, jenen die ihre Stelle verloren haben, die keine Perspektive für ein Leben danach sehen – da ist diese Anforderung

Geduld zu lernen eine Zumutung. Ich würde mir wünschen, dass wir trotz der Notwendigkeit, Distanz zu wahren, in Gedanken bei diesen Menschen sind, darauf vertrauen, dass auch diese Kraft da ist – gerade an Ostern.

„Geduld ist die Weisheit, warten zu können", so habe ich die beiden Begriffe doch noch zusammen gebracht.

8. April 2020

Welche Gefahr ist grösser für unseren Planeten?

„Wenn ich es ihnen sage, halten sie mich für einen Narren, wenn ich schweige, plagt mich mein Gewissen."

Dieses Zitat könnte von Greta Thunberg stammen. So ähnlich hat sie vor der Uno gesprochen und auch vor anderen Gremien. Sie schweigt nicht. Sie nennt die Gefahr, in der unser Planet ist, deutlich beim Namen – und sie sagt auch wer die Verantwortung trägt für diese immense Gefahr.

Das Zitat ist nicht von Greta, sondern ist bereits rund 800 Jahre alt. Schon damals gab es einen Mahner, der sich lieber zum Narren machte als zu schweigen. Damals zeigten reiche Kaufleute und Adlige ihren Reichtum, indem sie in verschiedenen italienischen Städten wie San Gimignano Türme bauten, einer höher als der andere. Damals wurden auch die ersten Uhren in Kirchtürme eingebaut. Erste Banken entstanden und Geld verwandelte menschliche Werte in käufliche Ware.

Genau in dieser Zeit trat Franz von Assisi auf die „Weltbühne". Von ihm stammt obiges Zitat. Damals begann die unheilvolle Entwicklung einer Art von Produktion und Konsum, welche die Erde in höchste Gefahr brachte.

Was hat das nun alles mit Karfreitag oder Coronavirus zu tun? Mich beeindruckt, wie rasch wir Menschen bei drohender direkter, individueller, sichtbarer Gefahr unsere Gewohnheiten herunter fahren können. Wie wir bereit sind, Einschränkungen auf Anordnung von oben zu befolgen, wenn es um unser individuelles Leben geht. Das Virus ist konkret. Wir werden mit Zahlen von Infizierten und Toten bedient. Wir erfahren, für wie viele Betroffene Beatmungsgeräte vorhanden sind. Wir sind betroffen von Bildern von Menschen, die um jeden Atemzug ringen. Und wir ziehen uns zurück, entziehen uns soweit wie möglich der unmittelbaren Gefahr und schützen uns. Wir erhalten sogar klare Verhaltensregeln, die wir mehr oder weniger einhalten. Und schauen gebannt auf die Kurve, ob sie endlich abflacht oder nicht.

Wie sind betroffen vom Leid der Direktbetroffenen. Wir lesen Artikel über die Situation in New

York, Italien, Tessin, Frankreich, Brasilien usw. Doch bei uns ist alles nicht ganz so schlimm. Wir haben genügend Beatmungsgeräte und die Spitäler sind noch nicht an ihrer Kapazitätsgrenze angekommen. Nun, wir lassen uns unser Gesundheitswesen auch etwas kosten, nicht wie in andern Ländern, wo gerade da gespart wird. Aber wir sparen auch, an den Löhnen derer, die in einem ungeheuren Einsatz Leben retten. Da könnte sich ja als Erstes etwas ändern nach der Krise. Bezahlen wir endlich Löhne, die den Leistungen dieser Menschen gerecht werden! Das wäre eine erste notwendige Änderung nach der Krise.

Karfreitag, Corona, Greta, Klima – wie komme ich auf diese Begriffe? Was haben sie miteinander zu tun? Weil das Virus eindrücklich zeigt, dass wir in der Lage sind unser Verhalten zu verändern.

Warum gelingt uns das nicht, wenn Mahnerinnen und Mahner, Wissenschaftler, Wissenschaftlerinnen, Politiker und Politikerinnen, ebenfalls mit Fakten und Zahlen beweisen, dass unser Klima nahezu kollabiert? Wir müssen unsere Kohledioxid Emissionen reduzieren, und zwar um 10 bis 15 Prozent jedes Jahr, wenn wir das 1,5-Grad Ziel des Pariser

Klimaschutz Abkommens einhalten wollen. Zehntausende Wissenschaftler und Wissenschaftlerinnen mahnen weltweit eindringlich vor der anstehenden Klimakatastrophe. Warum hören wir nicht hin?

Wir in der Schweiz haben es im Vergleich zu anderen Ländern auch in Corona-Zeiten gut. Ich will das Leid der Betroffenen nicht übersehen. Mein Mitgefühl ist mit ihnen. Ich verstehe auch, dass die Verhaltensregeln für viele schwer zu verkraften sind. Die Alleinstehenden, Familien in zu engen Wohnungen, Obdachlose, die Arbeitslosen, all jene, die um ihr Lebenswerk bangen... Das will ich sehen und mitfühlen und als Gesellschaft ist es notwendig, solidarisch zu handeln. Ganz konkret. Mit Geld und unterstützenden Massnahmen.

Aber ich höre von anderen, dass sie froh sind über die Ruhe, die Entschleunigung. Die Erfahrung, auch mit weniger auszukommen, schätzen manche. Und da spanne ich wieder den Bogen zu diesem Narren aus dem Jahr 1280, dem Franziskus von Assisi. Der reiche Kaufmannssohn entschloss sich zu einem einfachen Leben und lebte es mit leichten Sinnen und steckte andere damit an. Das wäre wohl nicht unser Stil und ist auch nicht gefordert.

Aber die Corona-Krise zeigt uns doch, dass im Weniger oft mehr ist. Ein menschliches Mass ist gefragt. Eine Ökonomie, die dem Menschen dient und ihn nicht krank macht. Bei all dem Schweren, das dieses Virus weltweit verbreitet, könnte doch diese Einsicht etwas sein, das unserer Erde und damit uns allen gut tut.

Einen strahlenden Karfreitag erleben wir. Schwer zu glauben, dass unsere Erde leidet – und trotzdem ist es so. Unsichtbar – sichtbar sind überdeutlich die Folgen des Klimawandels – unsichtbar wie das Virus, aber die Auswirkungen können verheerend sein. Karfreitag ist in den christlichen Religionen der Tag des Leidens bevor Ostern wird. Doch nicht nur religiöse Menschen spüren vermutlich etwas vom Ernst dieses Tages.

10. April 2020

(Quelle: Dieter Glogowski, Ein Leben in Liebe ohne Furcht, im Buch „Pilgern, unterwegs auf den bedeutendsten Pilgerpfaden der Welt")

Durchhalten – oder loslassen?

Konnte ich mir wirklich vorstellen, wie sich der Lockdown Entscheid des Bundesrates vor fast 40 Tagen auswirken würde? Konnten wir alle uns vorstellen, wie sich die Tage gestalten würden? Für die einen bedeutete der Entscheid, das gut austarierte Leben zwischen Beruf, Familie und Freizeit völlig neu zu organisieren. Zu ihrem Schutz durften die Grosseltern keine Hütedienste mehr übernehmen. Diese Stunden, Tage mussten also anders organisiert werden. Homeoffice wurde verordnet, einkaufen möglichst nicht mehr – und so begann ein eigentlicher Seiltanz für berufstätige Eltern. Andere durften gar nicht mehr arbeiten. Die Angst um die Existenz nahm und nimmt vielen den Atem. Kulturschaffende hatten keine Möglichkeit ihre Werke vor Publikum zu zeigen. Beliebte Sport- und Musikanlässe abgesagt. Ein ganzes Lebensgefühl wurde sozusagen auf Eis gelegt – und das mitten in einem blühenden Frühling.

Die Anderen, die Alten, Schutzbedürftigen hatten sich in ihre Räume zurückzuziehen. Bleibt zu Hause, geht nicht einkaufen, benützt den öffentlichen Verkehr nicht, vermischt euch nicht mit den Generationen. Das Programm tönt einfach und einleuchtend – es geschah ja zum Schutz, aus Sorge um die Volksgesundheit. Die Notwendigkeit sah ich und sahen die meisten ein. Und dann begann dieser Rückzug tatsächlich. Tag für Tag. Viel Zeit. Zeit, die eigentlich schon verplant gewesen war. Die Hütetage wurden in der Agenda gestrichen, Konzert- und Museumsbesuche ebenfalls – und das Familienfest fand nicht statt, ja sogar die Hochzeit musste verschoben werden. Lockdown – bis anhin wurde das Wort nicht verwendet. Seit einem guten Monat weiss jedes Kind, dass dieser Lockdown stattfindet, aber wissen wir die Bedeutung?

Wir wissen sie vielleicht nicht, aber wir erfahren was er bedeutet, dieser Lockdown. Wir erfahren es alle unterschiedlich, aber mit gemeinsamen Regeln. Für viele bedeutet dieser Lebensstil minuziöse Organisation und Mehrarbeit – für andere ein ruhigeres Leben, das sie sich so vielleicht gar nicht gewünscht hätten. Lange Spaziergänge unter blühenden Bäumen stärken für die einsamen Stunden zu Hause. Endlich werden die Bücher gelesen, die schon lange bereit liegen. Die Briefe geschrieben... und Telefongespräche geführt.

Tag für Tag – und die Tage glichen sich in etwa. Die Nachbarin kaufte ein und wusste nun auch was genau ich wollte. Die Tage reihten sich aneinander. Lockdown ist nichts Statisches, sondern dauert fort – und fort. Vielleicht. Niemand weiss wie lange.

Es gibt Hoffnung! Die Fallzahlen nehmen ab in der Schweiz. Der Lockdown soll gelockert werden, aber noch heisst es durchhalten. Noch sich an die Regeln halten. Zu Hause bleiben. An Reisen ist nicht zu denken und das wird auch noch lange so bleiben. Durchhalten im gemässigten Lockdown. Wie lange? Niemand weiss es, darum durchhalten.

„Manche Leute denken, durchhalten mache uns stark, aber oft stärkt uns gerade das Loslassen" (Hermann Hesse). Das könnte eine Perspektive sein! Wenn ich schon nicht weiss, wie lange diese „Ausserordentliche Lage" dauert, könnte ich es ja mit dem Loslassen versuchen. Jeden Tag nehmen wie er kommt, nicht immer wieder die bange Frage: Wie lange noch? Jeden Tag mit offenen Augen die Gegenwart annehmen mit allem, was dazu gehört. Die schrecklichen Zahlen von Covid19-Erkrankten, die Zahlen von Toten, die unhaltbaren Zustände in Flüchtlingslagern, wo Menschen schutzlos dem

Virus ausgeliefert sind, sich dem Irrsinn mancher Regierungschefs aus Mitgefühl für die Betroffenen nicht entziehen – all das gehört zum Corona-Alltag. Aber für mich in der Schweiz auch das Andere. Die relative Sicherheit, das gut funktionierende Gesundheitssystem, der bewundernswerte Einsatz von Ärzten und Pflegepersonal, die gesicherte Versorgungslage – und nicht zuletzt die Möglichkeit, in der Natur Kräfte zu schöpfen. Wie ein grosses Geschenk ist dieser Frühling in Corona-Zeiten. Das Blühen und die hellen Sonnentage lassen mich das Elend zwischendurch vergessen. Ich geniesse dankbar, was mir geschenkt ist. Und so lasse ich los, verbeisse mich nicht im Durchhalten. Lasse los und erlebe so an jeden Tag Lebensfülle hier bei mir. Und bin mir bewusst, wie viele durchhalten müssen, keine andere Wahl haben. Die Kranken, die Sterbenden, die Ärzte, die Pflegenden. Und auch die Politiker und Politikerinnen müssen durchhalten, ihre Entscheide begründen und durchziehen gegen Widerstände, gegen das Unverständnis und manchmal die Wut von Betroffenen. Durchhalten und loslassen. Beides tut Not.

19. April 2020

Veränderung? – verändern!

Nie hätte ich mir eine Veränderung vorstellen können wie sie uns am 16. März 2020 verordnet wurde. Tatsächlich verordnet, vom Bundesrat. Wir Schweizer und Schweizerinnen sind uns gewohnt unsere Meinung zu allem äussern zu dürfen. Doch diesmal wurden wir nicht gefragt. Am 16. März nahm der Bundesrat sein Recht und seine Pflicht wahr und verkündete die „Ausserordentliche Lage". Ich hatte vorher nie daran gedacht, mir darüber Gedanken zu machen, wann der Bundesrat berechtigt sein könnte, Entscheide ohne das Mitwirken des Parlamentes oder des Volkes zu fällen. Am 16. März 2020 zwang ein unsichtbarer Virus unsere Regierung zu diesem Schritt zum Schutz von uns allen. Ein Virus zwingt der ganzen Welt Veränderungen auf, wie wir uns nie hätten denken können.

Habe ich mir vorgestellt, was diese Verordnung für Veränderungen in meinem Leben bringen würde? Ich gehöre zu den sogenannten Risikogruppen und uns wurde inständig geraten: Bleiben sie zu Hause! Diese Empfehlung war für mich einfach einzuhalten, habe ich doch in Wohnung und Garten genügend

Freiraum und in unmittelbarer Nähe Spazierwege, auf denen ich oft allein oder mit meinem Mann zusammen unterwegs bin. Doch wie sieht das für andere aus? Dieser Gedanke kreist, wann immer ich an Familien in kleinen Wohnungen, an Alleinstehende, Kranke denke – umso mehr als auch ein Besuchsverbot in Altersheimen ausgesprochen wurde.

Die zwingend empfohlene Veränderung ist für mich leicht einzuhalten. Mit der Zeit spüre aber auch ich, dass ich die Kontakte zu Gruppen vermisse, das gemütliche Bummeln in der Stadt, ein Glas Wein am Grüninger Platz oder einen Cappuccino vor der Lokremise – überhaupt die Stadt, meine Stadt begann ich zu vermissen. Und so wagte ich den Spaziergang in die Stadt über Nebenwege, die mir ganz neue Schönheiten aufzeigten. Es gibt keinen Grund bei Schaufenstern zu verweilen, weil sowieso alles geschlossen ist, aber ich bleibe staunend stehen an jeder Blumenrabatte, von der Stadtgärtnerei wunderbar bepflanzt in Weiss- und Gelbtönen. Ich bleibe stehen mitten auf dem neuen Platz vor dem Tibits, setze mich auf eine der Holzbänke, verweile, schaue den Passanten zu, die sich im empfohlenen Abstand bewegen.

Langsam spüre ich, dass diese verordnete Veränderung mir gut tut. Ich lerne zu verweilen. Das gilt auch im Alltag. Meine Agenda ist leer. Es gibt fast nichts, was ich tun muss oder möchte. Dieses „nicht möchte" ist allerdings nicht immer einfach. Ich möchte schon! Die kleinen, aber feinen Veranstaltungen in der DenkBar besuchen, Ins Kino, ins Konzert, mit Freunden und Freundinnen essen gehen, musizieren mit meinem Flötenensemble, über Bücher mit anderen diskutieren, meine Schreibfreunde und –freundinnen treffen. All das möchte ich gerne. Doch zur Zeit gilt es zu verzichten meiner und der Gesundheit anderer zuliebe.

Und ich spüre eine leise Vorfreude. Irgendwann wird das alles wieder möglich sein! Es wird möglich sein, wenn wir gemeinsam die verordneten Veränderungen akzeptieren, durchhalten.

Und ich freue mich, dass im veränderten Verhalten meiner Lebensgewohnheiten Freuden und Chancen verborgen sind wenn ich sie nur wahrnehme. So schaue ich immer wieder zum Himmel, der so still ist wie ich ihn noch kaum erlebt habe. Überhaupt diese Ruhe und Stille überall hat sich auch in meine Seele gesenkt. Ich spüre wie gut mir ganz

persönlich diese „lange Weile" der „Ausserordentlichen Lage" gut tut. Auch wenn ich sie nicht vorbe-
haltlos geniessen kann, denn schliesslich bin ich
eine wache Mitbürgerin, ein politischer Mensch und
weiss, dass diese „Lage" für viele eine existentielle
Bedrohung ist. Mit ihnen will ich mich solidarisch
zeigen. Ich bin froh, dass der Bundesrat Massnahmen verordnet zu deren Rettung – und ich hoffe,
dass sich das Schweizer Volk solidarisch zeigt gegenüber jenen, die unter dieser „Ausserordentlichen
Lage" leiden.

Veränderung? – verändern! Veränderung ist
passiv. Sie wurde verordnet. Verändern ist aktiv!
Wir veränderten unsern Lebensstil von einem Tag
auf den andern in erstaunlichem Mass. Zu Hause
bleiben, Ferien stornieren, Homeoffice, nicht einkaufen usw. – ein neuer Lebensstil. Es ist möglich,
wir können unser Leben verändern. Das macht mir
Hoffnung. Dieses Virus ist in erster Linie eine grosse
Bedrohung und ich sehe das Leiden und Sterben vor
mir – aber die Erfahrung, dass es mir in manchen
Bereichen gut tut, das Leben zu verändern könnte
nach dieser Corona Krise dazu führen, dass ich mich
tatsächlich verändere.

Vielleicht meine Agenda weniger fülle, damit mir immer wieder eine lange Weile bleibt, versuchen ein Stück dieses atemberaubend schönen, leeren Himmels helfen zu bewahren, indem ich für meine Reisen grundsätzlich den Zug nehme, mich zufrieden gebe mit weniger Aktivitäten, weniger materiellen Dingen. Vielleicht haben Politiker und Politikerinnen, Ökonomen und Ökonominnen kreative Ideen, wie wir eine florierende Wirtschaft aufbauen können ohne ungebremstes Wachstum. Vielleicht schaffen wir es gemeinsam, uns so zu verändern, dass wir den schrecklichen Klimakollaps doch noch verhindern können. Vielleicht schaffen wir es, uns gemeinsam so zu verändern, dass Solidarität und soziales Verhalten über Profitgier stehen. Veränderung ist passiv – sie wurde uns verordnet. Verändern ist aktiv - meine persönliche Entscheidung. In meiner Umgebung nehme ich so viel Hilfsbereitschaft wahr, erlebe sie selber. Es kommt mir vor, als hätten wir Menschen wieder entdeckt, dass wir tatsächlich alle zusammen gehören auf diesem doch recht kleinen Planeten Erde. Nicht nur das Virus hat sich auf der ganzen Erde verbreitet – es könnte ja sein, dass sich auch das Bewusstsein verbreitet, dass wir alle im selben Boot sitzen.

Wenn ich mein Verhalten verändere, hat das eine Wirkung auf meine Umgebung, auf mein Land, auf unseren Planeten.

Auch wenn das folgende Zitat nicht neu ist, so wird es deswegen nicht weniger wahr:

„Wenn einer allein träumt, ist es nur ein Traum. Wenn wir gemeinsam träumen, ist es der Beginn einer neuen Wirklichkeit." (Helder Camara).

24. April 2020

Ins Weite

Die Lockerung lockt – ins Weite. Ich sehe den Bodensee vor mir, lausche dem leisen Plätschern, wenn die Wellen am Strand lecken, ich rieche den Duft nach Wasser und Fisch – ich erlebe den Bodensee, jenen besonderen Platz, wo wir gern verweilen. Ich erlebe dieses Sein am Wasser – und bin doch weit weg. Noch verzichte ich auf Ausflüge mit Bahn und Bus, bleibe daheim. Was mich keineswegs daran hindert, den Sonntagmorgen am Bodensee zu verbringen. Unsere Imaginationskraft erlaubt uns lange und kurze Reisen. Mit unserer Vorstellungskraft erschaffen wir uns Welten, wenn wir ihr den Raum dafür geben. Und dennoch lockt die Lockerung – ins Weite.

Ich bewege mich seit Wochen in einem festen Umkreis, mache in etwa dieselben Spaziergänge, habe Orte entdeckt, die ich nie gesehen hatte und erlebte wie an den kahlen Bäumen die Knospen immer dicker wurden – sah zu wie die ersten Blüten sich entfalteten. Ja, tatsächlich, ich hatte die Musse zu warten bis es soweit war, die ersten Blüten der Kirschbäume sich öffneten, dann die Birn- und

Apfelbäume bis zum grossen Blühen auf meinen Wegen. Ich kenne sie nun, die Bäume. Jeden habe ich genau betrachtet. Sie sind in dieser Zeit des Wartens fast so etwas wie Freunde geworden. Nicht immer habe ich gewartet. Ich konnte auch verweilen, schauen und staunen – immer irgendwo im Hinterkopf war dennoch diese leise Sehnsucht ins Weite. Unbekümmert an den Bodensee zu reisen, die Grenze zu Konstanz überschreiten, mein Generalabonnement einpacken und einfach losfahren – ins Weite.

Ich fühle mich wohl in meiner aktuell eingeschränkten Welt. Ich geniesse es, erst gar nicht die Möglichkeit zu haben in überfüllten Läden nach Dingen zu suchen, die ich nicht brauche. Und ich erlebe, wie dieses Weniger an Gütern, an Aktivitäten mein Wohlbefinden steigert. Was ich schon lange erstrebenswert finde, die Abkehr von einem ungebremsten Wachstum, vom Überfluss an Gütern, die ich nicht brauche, der ökologischen Plünderung des Planeten, konnte ich nun im Kleinen üben während diesem Rückzug in die eigenen Grenzen.

Das Corona-Virus ein Weckruf? „Es ist offensichtlich, dass die Corona-Krise die gleichen Ursachen hat wie der Klimawandel, der Artenschwund und viele andere von uns verursachte Krisen. Hoffentlich ist das für uns ein Anlass, über Alternativen zum angeblichen Wachstumszwang nachzudenken" sagt Nico Paech, Ökonom und Professor an der Universität Siegen. Nachdenken. Jetzt während diesem Rückzug um dann bereit zu sein, wenn wir wieder ins Weite ziehen können. Mein Verhalten überdenken. Wie kann ich mit meinem persönlichen Verhalten dazu beitragen, unseren Planeten zu schonen?

Und dennoch lockt die Lockerung. Ich möchte wieder unbeschwert ins Weite ziehen - wieder am Bodensee picknicken, aber auch mein etwas hungerndes Kulturbedürfnis befriedigen. Die Lockerung lockt wieder unbeschwert mit Freunden und Freundinnen im Gartenrestaurant ein Glas Wein zu trinken um zu plaudern, zu diskutieren. Miteinander darüber nachzudenken, was uns diese Krise gelehrt hat. Welche Veränderungen wir mit Freuden anpacken im persönlichen Leben und welche Veränderungen wir als unabdingbar betrachten für unsere Gesellschaft – und die Menschheit überhaupt. Das Virus hat uns auch überdeutlich gezeigt, wie nahe wir uns alle sind – auch die Menschen im Fernen Osten, Russland, in Afrika, in Amerika. Ins Weite –

lockt. Aber könnte dieses ‚ins Weite‘ auch bedeuten unseren Gedanken neue Räume zu gewähren? Ins Weite denken? Welche Auswirkungen hat mein Handeln – oder mein Nichthandeln? Ins Weite denken bedeutet für mich, auf Dinge zu verzichten, die umweltschädigend sind oder unter menschenverachtenden Bedingungen hergestellt wurden. Ins Weite – auch mich lockten viele Reisen ins Weite. Mein ökologischer Fussabdruck ist gross – oft habe ich mir zu wenig Gedanken darüber gemacht, ob meine „Sehnsucht ins Weite" kompatibel ist mit der Schonung unseres Lebensraumes Erde.

Im Alter ist es einfach zu verzichten, wenn man schon oft im Weiten war – und ich habe Verständnis für die Jüngeren, die es in die Ferne zieht. Aber vielleicht lernen wir alle zu verstehen, dass unsere Entscheide eine Frage des Masses sind.

„Es tut unheimlich gut, sich vom Überfluss zu befreien und sich auf jene Dinge zu konzentrieren, die durch eigene handfeste Mitwirkung entstehen. Arbeit bedeutet ja ursprünglich das: miteinander etwas herstellen. Es bedeutet nicht, dass man nur noch Informations- und Geldflüsse steuert. (...) Wenn wir wieder mehr aufeinander angewiesen sind, wird unser soziales Kapital reichhaltiger, wir sind weniger einsam. Und die Dinge gewinnen für uns an Wert dadurch, dass wir ihnen mehr Aufmerksamkeit schenken." (Niko Paech)

Ins Weite denken – für mich bedeutet es auch, mich mit den Gedanken anderer auseinander zu setzen – und so in einen Dialog zu kommen über die Welt, wie sie nach der Corona-Krise aussehen könnte.

Die Lockerung lockt – ins Weite an den Bodensee. Die Lockerung lockt aber auch zu neuen Gedankengängen. Wenn wir einander die Gedanken mitteilen, könnte es zu einem Schneeballeffekt kommen. Ins Weite denken bedeutet für mich auch viel weiter zu denken als über meine eigene Nasenspitze hinaus.

Lockerung lockt – ins Weite!

3. Mai 2020

(Quelle Zitate: Tages-Anzeiger, Samstag, 2. Mai 2020 „Wir haben unsern Luxus ertrickst", Interview mit Niko Paech, Professor an der Universität Siegen)

Ist die lange Weile vorbei?

Langweilig war es mir nie während den vergangenen Wochen – aber eine lange Weile habe ich oft genossen! Auch wenn ich arbeitete nahm ich mir diese lange Weile, verzichtete auf meine „geliebte Effizienz" und genoss einfach die lange Weile des Arbeitens. Auch auf den langen Weilen, oder auf gut Deutsch, dem Verweilen auf Spaziergängen entdeckte ich so manche Wunder, die mir vermutlich verborgen geblieben wären, wenn ich im gewohnten Tempo meine mindestens vier Kilometer gelaufen wäre. Eine lange Weile nahm ich mir beim Schreiben oder auch beim Telefonieren – und so wurden auch die Begegnungen auf Distanz in ruhigem Gespräch zu etwas Besonderem. Ist diese lange Weile vorbei?

Heute ist der von vielen erwartete Tag des Hochfahrens (es wurden einige neue Wörter kreiert während dieser Zeit des Rückzugs) – also der Tag des Hochfahrens. Ich verstehe, dass dieser Tag von vielen ersehnt wurde und für viele existentiell ist. Hochfahren ist zum Wohl der Kinder, die nun wieder unbeschwert mit ihren Freunden und Freundinnen spielen und sich austauschen können. Lernen von Angesicht zu Angesicht mit der Lehrperson, den Schulweg wieder erleben – all das und mehr ist zum Wohl der Kinder. Wird man ihnen auch künftig immer wieder einmal eine „lange Weile" gönnen, ohne Prüfungsstress? Ich denke, auch das wäre zu ihrem Wohl.

Hochfahren ist für Restaurants existentiell – und für uns eine Freude. Wieder einmal gemütlich in einer Gartenbeiz sitzen, ein feines Essen geniessen im kleinen Kreis von Freunden – auch das sind gute Aussichten – und irgendwie auch lebensnotwendig.

Das Lebens-Notwendige. Während den vergangenen Wochen haben wir uns beim Einkauf auf das Lebens-Notwendige beschränken müssen/dürfen. Wir kamen gar nicht in Versuchung, anderes zu kaufen, weil es nicht zu haben war. Jetzt werden auch die Einkaufsmöglichkeiten hochgefahren – auch das ist wichtig, damit der wirtschaftliche Schaden doch noch zu begrenzen ist, hoffentlich.

Aber gehört es wirklich zum Lebens-Notwendigen immer mehr und immer schneller zu konsumieren? Ist es Lebens-Notwendig alles auf das Wachstum der Märkte zu setzen? Umso mehr als dieses

Wachstum nur dem kleinsten Teil der Menschheit zu Gute kommt. „Die acht reichsten Männer der Welt verfügen zusammen über gleich viel Vermögen wie die 3,9 Milliarden Ärmsten. 2,1 Prozent der Schweizer besitzen so viel wie die 97,9 Prozent." (Quellen: www.oxfam.de und www.verteilungsbericht.ch) Mit Gerechtigkeit hat das nichts zu tun.

Wir brauchen noch viele „Lange Weilen des Nachdenkens" darüber, wie wir diese immensen Ungerechtigkeiten weltweit und in unserem Land aus der Welt schaffen können. Ich weiss, Politik und Wirtschaft sind gefragt – aber wir leben in einer direkten Demokratie dürfen mitbestimmen. Und mehr Gerechtigkeit beginnt mit kleinen Schritten – gönnen wir uns eine lange Weile um darüber nachzudenken, was mein Schritt sein könnte.

Was mir in der langen Weile noch deutlicher bewusst wurde, ist die Notwendigkeit mit noch grösserer Sorgfalt auf das Lebens-Notwendige zu achten. Wie sehr wir weltweit in Märkte verstrickt sind, wurde uns nur zu deutlich klar. Lassen wir uns auch künftig auf das Diktat der Märkte ein? Eine lange Weile des Nachdenkens ist auch hier gefragt.

Und die vielleicht wichtigste „Lange Weile des Nachdenkens" dürfen wir uns in Bezug auf unseren Lebensraum, die Erde gönnen. Wir wissen Bescheid über die Klimaerhitzung, die Verschmutzung der Weltmeere, den Verlust an Biodiversität – und fühlen uns ohnmächtig angesichts der immensen Probleme. Verdrängen ist darum verständlich – aber könnten wir dieses Verdrängen ersetzen durch eine „Lange Weile des Nachdenkens"? Denn alle diese Probleme haben ganz direkt mit uns und unserem Leben zu tun. Wie bedroht dieses rasch sein kann, haben wir in dieser Corona-Krise erlebt. Wir haben aber auch erlebt, dass wir fähig sind, einer solchen Krise zu begegnen. Wir waren bereit eines unserer höchsten Güter, die Freiheit, ein Stück weit aufzugeben, zum Wohl aller. Das beeindruckt mich. Wir sind als Gesellschaft rasch bereit für Veränderungen, wenn es uns ans Lebendige geht. Und ans Lebendige geht es uns wenn unser Lebensraum bedroht ist.

Nun so hoffe ich, ist die lange Weile nicht vorbei. Geniessen wir die neue Freiheit des Hochfahrens, freuen wir uns über die neuen Möglichkeiten, die sich uns bieten – aber lassen wir uns um Gottes Willen nicht dazu verführen, all die Erfahrungen der letzten Wochen zu vergessen, einfach zur Tagesordnung der sogenannten „Normalität" überzugehen – gönnen wir uns lange Weilen für uns persönlich und lange Weilen des Nachdenkens zum Wohle aller.

11. Mai 2020

Neue Normalität und Eigenverantwortung

„So rasch wie möglich – so langsam wie nötig", ein weiteres geflügeltes Wort des Bundesrates. Ab heute ist wieder fast alles erlaubt. Gefällt mir das? Der Bundesrat appelliert an die Eigenverantwortung. Hygienemassnahmen und Abstand halten gehören zur „neuen Normalität". Und wo das nicht möglich ist, Maske tragen. Der Anspruch an die Eigenverantwortung ist hoch.

Eigenverantwortung hat viel mit Freiheit zu tun – aber auch mit Verantwortung für die Anderen, die Gesellschaft.

„Deine Freiheit hört dort auf, wo sie die Freiheit des Nächsten tangiert", das habe ich schon früh gelernt und es leuchtet mir auch heute noch ein. Wie sieht diese Freiheit in der neuen Normalität aus? Die Grenzen meiner Freiheit sind nicht so leicht auszuloten, ist doch das Virus unsichtbar, auf keine Art und Weise erkennbar – oder erst dann, wenn es zugeschlagen hat. Ich will mich und andere nicht anstecken mit diesem Corona, das ist gewiss.

Eigenverantwortung bedeutet für mich auch, mich zu informieren. Die Berichte von Wissenschaftlern und Wissenschaftlerinnen zu lesen und darauf vertrauen, dass ich die relevanten Informationen erhalte – und dann danach zu handeln. Ich weiss, dass das Virus hochansteckend ist. Ich habe auch gelesen, wie es übertragen wird. Das bedeutet Distanz halten – auch jetzt in der „neuen Normalität". Nicht immer einfach, dieses Distanz halten! Wie lange schon habe ich meinen Sohn und meine Tochter nicht mehr umarmt! Auch meine Freundinnen, all die Menschen, die in irgendeiner Form zu mir und meinem Leben gehören, heisst es auf Distanz halten.

Abstand – wie oft habe ich dieses Wort gehört und gelesen in den letzten Wochen! Wie gut haben es Menschen, die in einer festen Beziehung leben. Sie erleben Nähe noch mit dem Partner oder der Partnerin. Wie gehen die andern um mit diesem Gebot des Abstandhaltens? Wie nähren sie ihr Bedürfnis nach Nähe und Berührung?

Sich mit dem Virus anzustecken bedeutet meistens Krankheit, manchmal auch Tod. Aber wie geht es den Menschen, die sich nach Nähe sehnen, Kontakte brauchen für ein erfülltes Leben? Wird ihre Seele leiden oder gar krank werden? Diese Fragen bleiben in der Luft hängen.

Menschen vor dem Virus zu schützen ist Aufgabe des Staates und der ganzen Gesellschaft – und die Aufgabe von jedem einzelnen. Aber könnte da nicht noch mehr sein, das in der Verantwortung von uns allen liegt? Versuchen eine Nähe zu schaffen, die ohne direkten Körperkontakt auskommt. Da ist Fantasie gefragt! Ja, es gibt diese Gesten, Blicke und Worte die Grenzen überwinden, Nähe schaffen können! Ein Lächeln – sogar mit den Augen, wenn die Maske den Rest des Gesichtes verdeckt – eine Geste, ein liebevolles Wort all das sind Brückenbauer über die Abgründe des Abstandes hinweg.

Ich fahre wieder Bus und Zug. Im fast leeren Speisewagen werde ich verwöhnt. Die Bedienung freut sich offensichtlich, dass wieder Menschen kommen und im Zug verweilen. Der Mann trägt Maske – und ich auch, wenn ich nicht gerade trinke oder esse. Ich trage sie schon seit ich mich auf dem Bahnhofareal bewege – und komme mir exotisch vor. Fast niemand trägt Maske. Ein Leichtes für das Virus!

Eigenverantwortung. Jede und jeder interpretiert sie unterschiedlich, hat eine eigene Interpretation von Freiheit und Eigenverantwortung. Kann das gut gehen?

Noch sind die Fallzahlen niedrig. In der Schweiz scheinen die Regeln des Lockdown das Schlimmste verhindert zu haben.

9. Juni 2020

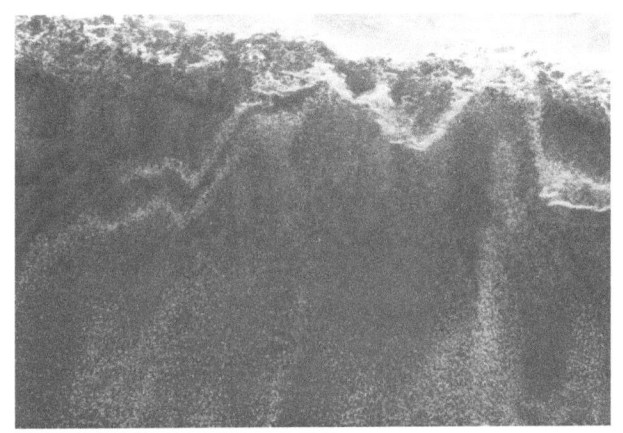

81

Die zweite Welle

„La situation est grave!"

Forderte Bundesrat Alain Berset bei der ersten Welle auf: „Bleiben sie zu Hause!", so sagt er zur zweiten mit besorgter Miene: „La situation est grave". Er bestätigt damit die Gefühlslage vieler Schweizer und Schweizerinnen. Nach relativ entspannten Sommermonaten wollte auch ich das Herannahen der zweiten Welle nicht wahrhaben. Wird es wirklich schlimm? Ist die Situation tatsächlich so ernst? Anfangs Oktober war die Hoffnung noch da, die zweite Welle würde glimpflich vorbei rollen. Schon bald belehrten uns die Fallzahlen vom Gegenteil. Die Corona-Welle türmte sich immer höher auf.

Hinter den bedrohlichen Zahlen sind Menschen. Die Kranken zuerst, die leicht Betroffenen und die schwer Kranken, aber nicht nur sie, sondern ganz zentral die Ärzte und Pflegenden, die sich in einem enormen Einsatz um sie kümmern. In Schutzanzügen, die es nicht erlauben auch nur einen Schluck Wasser zu trinken, während Stunden in einer emotional ausserordentlich belastenden Situation zu pflegen, verlangt manchmal einen übermenschlichen Einsatz.

Es erstaunt mich, dass wir in der Schweiz verschiedene Wirtschaftszweige, Kultur, Sport und anderes mit Milliarden schweren Finanzspritzen stützen, aber immer noch nicht bereit sind, die Arbeitsbedingungen der Pflegenden zu verbessern. „La situation est grave!" Und sie wird noch ernster werden, wenn das Pflegepersonal fehlt.

Vielleicht lehrt uns die Pandemie, unser Wertesystem zu überdenken. Vielleicht zeigt sie uns auf, was wirklich wesentlich ist im Leben. Eine gesunde Wirtschaft ist wichtig, aber muss es um jeden Preis immer mehr sein?

Der Verzicht auf Begegnungen, Kultur und Reisen fällt auch mir nicht leicht, aber was ist das schon angesichts des Leids aller Betroffenen! Und in der notwendigen Zurückgezogenheit wachsen möglicherweise Erkenntnisse, wie das Leben gestaltet werden könnte ohne den Drang des „Immer mehr".

Jeder Fall ein Mensch

Wir haben doch noch gar nicht tief Luft geholt nachdem uns die erste Welle überrollte, und schon türmt sich vor uns die zweite auf. Wir sind keineswegs gesättigt von Kultur – ganz im Gegenteil. Noch wagten wir es nicht ins Kino oder ins Konzert, haben zaghaft einen Besuch in der Tonhalle in Betracht gezogen – und verwerfen den Plan angesichts der Zahl: 1487

1487 Menschen betroffen. Die einen leicht, andere schwer und viele ringen um Sauerstoff. Nicht nur das Atemholen nach der ersten Welle, bevor die zweite kommt. Sie ringen nach Luft existentiell, um den Körper am Leben zu erhalten.

1487 Einzelschicksale – und das sind nicht alle, das sind nur die „Getesteten". Wer weiss schon wie hoch die Dunkelziffer ist. Fallzahlen – der Corona-Begriff. Kühl, sachlich. Der „Fall" ist ein betroffener Mensch. Ob einer betroffen ist oder 1487 ist für den einen Betroffenen nicht bedeutend. Es geht um ihn, um sein Leiden und Leben – und manchmal um sein Sterben. Ein „Fall" ist eine Persönlichkeit, ein einzigartiger Mensch.

Und als solcher wird er bei uns behandelt. In der Schweiz darf der an Covid 19 Erkrankte Hilfe von hochstehender Medizin erwarten. Die Spitäler haben noch Kapazität. Es gibt genügend Ärzte und Ärztinnen ... 1487 Betroffene. Wie viele werden es morgen sein?

9. Oktober 2020

1'487 von Covid19 Betroffene

Sind wir mutig?

„Mut ist nichts anderes als die radikale Annahme der Wirklichkeit." (Olivia Kühnis, Journalistin).

Mut ist allerdings gefragt angesichts dieser Zahl von 5132 neu von Covid19 Betroffenen. Beklommenheit, so ist meine Befindlichkeit. In dieser neuen Wirklichkeit, in der sich ein Virus austobt und rasend schnell ausbreitet, fällt es mir schwer, mutig zu sein. Und was heisst es in dieser Wirklichkeit, mutig zu sein? So oder so sind wir schwächer als dieses Virus, weil es nicht zu fassen, nicht zu sehen, nicht zu riechen, nicht zu hören ist, auch auf unserer Haut ist es nicht zu spüren. Unsere Sinne, die sonst so gut funktionieren als Fühler zur Welt, orten ihn nicht, diesen Covid19. Ich habe die Fühler verloren, bewege mich verhalten und oft genug ängstlich. Ich weiss, Angst ist keine gute Ratgeberin, doch auch sie ist nicht so leicht zu fassen. Überfällt mich ganz plötzlich dann und wann, wenn ich nicht mit ihr rechne. Habe ich mich vielleicht in einem unbedachten Moment angesteckt? Bin ich jenem Freund oder jener Freundin doch zu nahe gekommen? Sass im Bus ein Superspreader? Die Gedanken stehlen sich in den Kopf gegen den Willen, machen sich breit und nehmen mir den Mut.

Die Wirklichkeit dieser Zeit im Jahre 2020 ist so anders als alles, was ich, was wir erlebt haben. In meinen gut siebzig Jahren hatte ich noch nie das Gefühl dieses absoluten Ausgeliefertseins. Immer war das Vertrauen da, es würde Lösungen geben für Probleme, auch bei Katastrophen. Nichts schien es zu geben, das unser Leben für längere Zeit einschränken würde. Doch nun ist es so. Ich überlege mir mein Verhalten ausserhalb meiner eigenen Welt. Ist dieser Kontakt wirklich nötig? Kann ich es wagen um diese Zeit Bus oder Bahn zu fahren? Gefährde ich meine Mitmenschen, wenn ich ihnen begegne? Soll ich die geplante Schreibwerkstatt durchführen oder kann sich gerade an solchen Orten das Virus austoben? Und wenn sich die Menschen nicht mehr treffen, zusammen schreiben, sprechen, in Kontakt sein können: welche Schäden nehmen sie an ihrer Seele, ihrer Psyche? Braucht es nicht gerade jetzt den spürbaren Zusammenhalt? Wenn wir einander nicht berühren, sogar das Lächeln unter der Maske versteckt ist?

Mutig die neue Wirklichkeit annehmen. Annehmen ist das Eine, aber wie soll ich handeln in dieser neuen Wirklichkeit? Wie wirkt sich mein Handeln auf mich und die anderen aus? Schutz ist das Wort gegen das Virus. Schutz für mich und die anderen. Schutz gehört zur neuen Wirklichkeit. Aber welcher Schutz wehrt das Virus tatsächlich ab? Sich in die eigenen vier Wände verkriechen? Ist das tatsächlich Schutz oder nur schiere Angst? Mut ist gefragt. Doch was bedeutet Mut gegenüber einer unsichtbaren Gefahr? Annehmen ist der erste Schritt. Ja, eine Pandemie, weltweit, wird von Risikoforschern als grösste Bedrohung für die Menschheit eingestuft. Da fällt Annehmen nicht gerade leicht. Und mutig sein auch nicht. Wie klein fühle ich mich angesichts der „grössten Bedrohung für die Menschheit"! Lässt sich Mut lernen?

21. Oktober 2020

5'132 von Covid19 Betroffene

Corona ist eine Übung in Rücksichtnahme und Geduld

50 Kilogramm Quitten
6'634 Fälle in der Schweiz in einem Tag
40 Millionen Menschen weltweit angesteckt
13'000 obdachlose Menschen in Moira

Gigantische Zahlen! An einem Tag in der Schweiz 6'634 Fälle! Wenn eine Katastrophe über uns hereinbricht, können wir diese beziffern. Von Fallzahlen ist die Rede und nicht von Covid-Betroffenen. 40 Millionen Menschen weltweit haben sich angesteckt. Nach Schätzungen, in dieser Grössenordnung ist eine genaue Zahl nicht zu eruieren. Werden doch in Indien und anderen Ländern viele Kranke unerkannt bleiben. Hinter jeder Zahl ist ein menschliches Schicksal, ist ein Leidender oder eine Leidende. Krankheit, der Verlust des Arbeitsplatzes oder gar der ganzen Existenz, psychische und seelische Not. Wenn wir uns hilflos fühlen, flüchten wir uns hinter Zahlen und Fakten, versuchen die Gefühle von Ausgeliefertsein und Hilflosigkeit auszublenden, indem wir unsere Unsicherheit und Angst beziffern.

Mitgefühl mit Tausenden, ja Millionen betroffenen Menschen zu haben, überfordert uns. Und so lassen wir auch die Nachricht von 13'000 Obdachlosen nach dem Brand in Moira schnell an uns vorbeiziehen – schliesslich werden uns am nächsten Tag über die Medien wieder Zahlen und Fakten erreichen, die unermessliches Leid ausdrücken. Wir kommen nicht ohne emotionalen Schutzmantel aus, der Distanz schafft zwischen uns und all den schrecklichen Meldungen, die uns fast stündlich erreichen.

Gigantische Herausforderungen, welche letztlich die ganze Menschheit betreffen, wie den Klimawandel, lassen wir schon gar nicht an uns herankommen, weil es neben Covid19 einfach zu viel wird.

In diesen Monaten sind uns die Fallzahlen von Covid19 am nächsten. Wie schnell könnten auch wir in dieser Statistik auftauchen! Und das ist neu. Jede und jeder könnte stündlich ein Betroffener, eine Betroffene sein. Andere Zahlen bleiben Theorie. Wir sind nicht auf der Flucht, sind nicht den Gefahren eines Krieges ausgesetzt. Und auch in dieser immensen Covid-Krise erfahren wir eine

gewisse Sicherheit. Auch wenn unser Gesundheitssystem an Grenzen kommt, dürfen wir doch noch
darauf hoffen, medizinische Hilfe zu erhalten. Auch
wenn viele Betriebe vor dem Aus stehen, können
sie mit Abfederung durch unseren Sozialstaat rechnen. Allerdings wächst die Unsicherheit. Milliarden
Franken kostete die erste Welle von Covid19 den
Staat. Der Finanzminister warnt. Mehr können wir
uns nicht mehr leisten – und die zweite Welle ist
erst gerade angerollt.

Das Leiden lässt sich nicht beziffern – und auch
nicht bewerten. Ob Kinder, Frauen und Männer von
Kriegen bedroht und erschüttert werden, ob Flücht-
linge auch ihr primitives Zeltzuhause verlieren, ob
Menschen psychisch krank werden vor lauter Einsamkeit, ob Menschen durch Naturkatastrophen ihr
Zuhause verlieren, oder ob Covid19 Erkrankte an
Beatmungsgeräten um ihr Leben kämpfen, immer
ist das Leiden einzig. Hinter jeder Zahl verbirgt sich
das Leiden eines einzelnen Menschen.

Es ist ein Gebot der Mitmenschlichkeit, so weit als
irgendwie möglich Leid zu lindern und zu helfen.
Die Wirtschaft ist in der Pflicht. Gewinnoptimierung
um jeden Preis – meist zu Gunsten von einigen

wenigen! – und auf Kosten der Mitmenschlichkeit sollte endlich der Vergangenheit angehören.

50 kg Quitten – das die Ernte von zwei kleinen Bäumen – um noch eine schöne Zahl zu nennen. Der Herbst mit seiner reichen Ernte, den Bäumen, die sich vor der Winterpause verschwenderisch schmücken, dem strahlenden Licht an manchen Tagen und den geheimnisvollen Nebelstimmungen am Morgen, die leiser werdenden Töne der Natur und die Lust, sich bei einem Glas Wein und Kerzen in die eigenen vier Wände zurück zu ziehen, lassen uns manchmal die immensen Leidzahlen für Stunden vergessen. Und auch das brauchen wir, damit wir uns wieder gestärkt und mutig der anderen Realität von Leid zuwenden können.

23. Oktober 2020

6'634 von Covid19 Betroffene

Das Schöne im Kleinen

„Wer jetzt kein Haus hat, baut sich keines mehr.
Wer jetzt allein ist, wird es lange bleiben." (Rilke)

Wenig tröstlich sind diese Gedichtzeilen. Aber das Gedicht ist so nicht fertig, Rilke hat auch einen Vorschlag, wie diese melancholische Zeit ausgefüllt werden kann mit Leben. Er schlägt vor: ..."Wer jetzt allein ist, wird es lange bleiben, wird wachen, lesen, lange Briefe schreiben und wird in Alleen hin und her unruhig wandern, wenn die Blätter treiben."

Wachen, lesen, lange Briefe schreiben oder wandern sind für die Einen gute Vorschläge, andere können wenig damit anfangen. Dieses Zurückgeworfensein auf kleinen Raum müssen wir lernen, um auch das Schöne daran zu entdecken. Und für Jeden und Jede bedeutet es etwas Anderes. Das heraus zu finden, wünsche ich uns allen, denn da können ungeahnte Entdeckungen gemacht werden.

Nebel und kein Himmel zu sehen. Es wird jeden Tag ein wenig dunkler. Das war anders im Frühling während der ersten Welle, fast durchgehend wunderschöne Tage voller Sonnenschein. Die Natur erwachte – und wir konnten die Bedrohung durch das Virus oft vergessen auf langen Spaziergängen.

Im November zieht sich die Natur zurück. Auch das grosse Finale der Farbenpracht im Oktober ist vorbei. „Wer jetzt kein Haus hat ..." Jetzt bleiben wir in unseren vier Wänden, gehen nur für die gebotene Bewegung raus und schützen uns so. Gut ist das für Menschen, denen es wohl ist in ihrem Zuhause, die genügend Raum haben. Wie ist es für Alleinstehende oder Familien mit Kindern in beengten Wohnungen ohne Balkon oder Garten? Ich denke an sie und stelle mir die Herausforderung vor, jeden Tag von Neuem sich auf diese beengte Situation einzustellen und sich aufzuraffen, um den Tag lebendig zu gestalten. Dieses Virus greift bei weitem nicht nur die Atemwege, die Lunge oder gar den ganzen Körper an. Die Seele leidet. Die Psyche ist mit der Zeit unterernährt.

November – und die Aussicht, dass die Tage immer noch dunkler werden. In anderen Jahren konnte man sich Trost holen beim gemeinsamen Essen mit Freunden, einem Konzert, im Theater oder eben auf langen Wanderungen. Jetzt ist das alles eingeschränkt – und oft genug besucht man auch das nicht, was möglich wäre.

Ist es ein Vergnügen, mit Maske in einem Theater zu sitzen mit fünfzig Leuten, einem Theater das auf 500 Besucher und Besucherinnen ausgerichtet ist? Diese andauernde Bewegung von Menschen weg, denen ich begegne. Abstand halten und unter der Maske sieht auch niemand das Lächeln. Ein Lächeln, das ich versuche in meinen Augen zu konzentrieren. Ich will anderen auch begegnen in dieser Beschränkung. Ihnen das Gefühl meiner Zuwendung und meines Interesses vermitteln, ihnen die Türe meiner Seele ein wenig öffnen und miteinander wieder Mut schöpfen. Ja, wir sitzen alle im selben Boot. Dieses Virus macht keinerlei Unterschied. Wo auch immer wir im Leben stehen.

3. November 2020

5'771 von Covid19 Betroffene

Die Schweiz in Atemnot

Zahlen schneiden mir in diesen Tagen die Luft ab. 10'128 wurden in einem Tag Corona-positiv getestet. Eine im wahrsten Sinn des Wortes atemberaubende Zahl! Hinter jeder Zahl ist ein Mensch, ein betroffener Mensch. Die einen mehr, andere weniger, aber alle müssen irgendwie mit diesem Virus fertig werden.

36 Millionen Menschen sind weltweit von Covid19 betroffen, und die Dunkelziffer dürfte noch weit höher sein. Was geschieht auf unserem wunderschönen, blauen Planeten? Corona hat andere Krisen verdrängt, die vermutlich noch weit bedrohlicher sind für die Menschheit, wie den Klimawandel, die schwindende Biodiversität, das Flüchtlingselend, Kriege, Armut.

Und in diesen Tagen erleben wir ein demokratisches Trauerspiel in den USA. Eine Präsidentenwahl, bei der die grundlegendsten demokratischen Regeln vom abtretenden Präsidenten und seinen Anhängern missachtet werden. Autokraten haben Aufwind. Sind die Menschen überfordert von den aktuellen Problemen? Rufen sie deshalb nach starken Führungskräften? Wobei dieses „stark" sich meist nur auf die eigene Person bezieht. Stark sind sie nicht in ihrem Regieren zum Wohl der Menschen.

36 Millionen Menschen sind weltweit an Covid19 erkrankt. Warum hat dieses Virus so leichtes Spiel? Haben wir in vielen Bereichen überbordet? Sind wir im Dichtestress? Es ist ja erstaunlich, dass auf dem afrikanischen Kontinent die Krankheit nicht in diesem Ausmass grassiert.

Diese Gedanken lassen mich die Luft anhalten. Ich bin in Atemnot – denke aber sofort an jene Kranken, die tatsächlich in Atemnot sind, an Maschinen um jeden Atemzug kämpfen. Ich denke an jene, die in ihrer Existenz bedroht sind, denen vor lauter Einsamkeit die Decke auf den Kopf fällt. Ich denke an jene, die in einem selbstlosen Einsatz Übermenschliches leisten, um Leben zu retten. Ich fühle mich verbunden mit all diesem Leid, denke nach über das, was ich tun könnte, schicke meine empathischen Gedanken – und fühle mich ohnmächtig und hilflos. Wo und wie könnte ich handeln, um das Leid wenigstens ein wenig zu lindern? Antworten habe ich noch nicht gefunden.

Ich muss wieder zu Atem kommen und mache mich auf zu einem vertrauten Spaziergang, damit mein Kopf wieder klar wird, ich meine Lungen mit frischer Luft versorgen kann. Wie bin ich doch privilegiert! Ich öffne die Türe, schon unser Garten tröstet mich in seinem Novemberkleid und ich spaziere weiter bis zum Kubel, dort wo Urnäsch und Sitter zusammenfliessen, überquere die alte Holzbrücke. Das wilde Flussbett mit den bemoosten Steinen lässt mich staunen. Einmal mehr spüre ich die Kraft der Natur und atme tief durch.

6. November 2020

10'128 von Covid19 Betroffene

Unglaubliche Zahlen

„Das Unglaubliche ist der einzige Massstab, an den zu glauben immer richtig ist."
(Peter Sloterdijks, im Tagesanzeiger Magazin vom 7. November 2020)

Dieser kleine Moment bevor ich ganz wach bin, ist der entspannteste und glücklichste. Dieser Moment bevor mein Kopf ganz wach ist und mir signalisiert: Nichts ist mehr, wie es war. Auch ich bin betroffen. Wir alle sind betroffen. Die Schweiz ist betroffen. Die ganze Welt. Wenn sich dieser Gedanke breit macht in meinem Kopf, ist es vorbei mit der Entspannung.

Bisher waren wir in der Schweiz schon lange nicht mehr Betroffene. In zwei Weltkriegen nicht und für Krankheiten gab es Medikamente, oft und manchmal Heilung. Einzelne sind betroffen, waren es immer. Einzelne und ganze Gruppen sind benachteiligt, diskriminiert, sind krank, sterben, sind in ihrer Existenz bedroht. Das sehe ich. Aber mit Einsicht und gutem Willen könnte vielen dieser Betroffenen geholfen werden, würden wir uns als Gesellschaft solidarisch zeigen. Und manchmal ist das Schicksal stärker, ich weiss. Manchmal ist das vielseitige Leid nicht zu lindern. Da hilft Empathie, Mitgefühl und Solidarität.

Aber als ganzes Land in globo waren wir noch nie in dem Mass betroffen, wie wir es jetzt sind mit Corona. Wir waren eine Insel der Glückseligen. Und wussten es nicht einmal, fanden oft einen Grund zum Klagen.

Jetzt begreifen wir langsam, dass das Virus nicht Halt macht vor unseren Grenzen. Im Gegenteil! Wir sind am Stärksten betroffen. Dieser Gedanke ist tatsächlich ungeheuerlich. Wir, die wir glaubten, auf unserer neutralen Insel sicher zu sein. Das Virus hat diesen Glauben zunichte gemacht.

Wie sich verhalten? Völlig einigeln? Würde das helfen? Die Versuchung ist gross. Sich der Gefahr entziehen. In den eignen vier Wänden sich freiwillig einsperren? Oder lehrt uns das Virus zu lernen, dass auch wir Schweizer und Schweizerinnen von Katastrophen betroffen werden können. Sind wir aufgefordert, damit leben zu lernen? Das Virus in unser Verhalten zu integrieren? Und dabei in Solidarität mit anderen zu leben? Freundlich, achtsam. Die

Einsamen nicht zu vergessen und mit Empathie und Mitgefühl – mit aller Vorsicht – auf sie zuzugehen? Nicht einfach! Der Kontakt ist erschwert auf Distanz und mit Maske. Was sonst eine Brücke zum Du ist, ein Blick, eine Berührung, ist nicht möglich. Und dennoch brauchen wir gerade in dieser Zeit die Nähe untereinander. Die Achtsamkeit und Freundlichkeit. Lernen neue Formen zu finden, wie wir miteinander leben können, ohne einander zu gefährden.

Ich schaue in den nebligen Morgen und spüre, wie sehr wir alle im selben Boot sitzen. In dieser Stadt, diesem Land und weltweit. „An das Unglaubliche glauben ..." das versuche ich gerade zu lernen.

7. November 2020

Historische Tage

131'420 Corona-Neuinfizierte in den USA
40'000 Tote in Frankreich
Joe Biden und Kamala Harris wurden gewählt

Auch heute komme ich nicht um Zahlen herum,
auch wenn die Neuinfektionen in der Schweiz übers
Wochenende nicht publiziert werden.

Erschreckende Zahlen – und trotzdem ein hoff-
nungsvoller, historischer Tag: Trump wurde abge-
wählt! Die Zeit der Lügen und unflätigen Auftretens
eines Präsidenten ist vorbei. Als erstes setzt der
frischgewählte Präsident Joe Biden eine Taskforce
von Experten zur Bekämpfung der Pandemie ein.
Welcher Unterschied zu Trump!

„Es beginnt die Zeit des Heilens", sagte Biden in
seiner hoffnungsvollen Rede. Hoffen wir auf gutes
Gelingen.

Und ich sitze im Seminarraum, gross und hell ist
er. Die geforderten Abstände können problemlos
eingehalten werden. Und dennoch bleibt eine gewisse Spannung spürbar in der Luft hängen. Die
Zeiten haben sich verändert. Früher wählte ich

einen möglichst kleinen Raum. Nahe zusammen wollten wir sein. Geschichten schreiben und lesen in gemütlicher Runde. Gemütlich ist es nicht im grossen Raum. Eine Kerze, ein Herbstkränzchen. Wenigstens das – ein Blickfang.

Wir sitzen da mit Maske, schreiben eifrig bei offenem Fenster. So habe ich wenigstens diesen einen Tag Schreibwerkstatt gewagt. Seit zwanzig Jahren biete ich drei Tage Novemberschreiben an. Diesmal mussten wir verzichten auf drei Tage und so komprimiere ich mein Angebot auf einen. Ich spüre, wie wichtig dieser eine Tag gemeinsamen Schreibens ist. Leuchtende Augen – sonst sieht man wenig vom Gesicht – und das Geräusch des Schreibgerätes auf dem Papier. Das die gewohnte Atmosphäre. Für einmal nimmt nicht das Virus den gesamten Raum ein, sondern das gemeinsame Tun.

Wie viel gemeinsamen Tuns ist noch möglich in dieser Zeit? Das meiste abgesagt. Wer allein lebt, hat es vermutlich oft schwer. Der Austausch fehlt. Ein sorgfältiges Abwägen, was tun und was nicht, ist immer wieder notwendig.

Jetzt ist Schreibzeit. Trotz der Grösse breitet sich eine Atmosphäre der Geborgenheit aus. Der Nebel liegt wie eine Decke über der Kartause. Das Eichhörnchen, das im Nussbaum wohnt, kommt ganz nah.

8. November 2020

Unbeschwerte Leichtigkeit

Entspannt, gelassen die Tage leben, wieder einmal mit unbeschwerter Leichtigkeit durch die Stadt schlendern, in einem Café Freundinnen treffen, ohne zu fragen, bist du ganz gesund, davon träume ich.

Heute wollte ich einen Spaziergang mit einer Freundin machen, an der frischen Luft, auf einsamen Wegen, auch das geht nicht. Ihre Tochter musste testen, wartet auf das Resultat. Die bange Frage: positiv oder negativ? Neben den alltäglichen Zahlen sind es diese zwei Begriffe, die uns verfolgen.

„Wir halten uns strikte an das Schutzkonzept des Bundes", das ist zur Zeit die wichtigste Werbung von Restaurants. Ich bin überzeugt, dass sie alles tun, um Gäste zu schützen. Genügt dieses Alles? Was früher ein feines Essen im vertrauten Kreis in einem Restaurant so wertvoll machte, die Freude am Leben, die unbeschwerte Leichtigkeit des Genusses, ist unter diesen Bedingungen nicht möglich.

Mit wem war meine Freundin zusammen? Wo bewegt sie sich? Solche Gedanken bauen Schranken auf. Schranken, die eh schon hoch sind. Distanz und das Gesicht hinter der Maske verstecken. Und so lasse ich den gewünschten Restaurantbesuch bleiben. Bin mir bewusst, dass mit meinem Verhalten auch die Gasthäuser in immer grössere coronabedingte Schwierigkeiten geraten.

Ich vermisse den unbeschwerten Besuch eines Konzertes, eines Films – aber was bedeutet dieser Verzicht schon angesichts der Existenzangst vieler Kulturschaffenden?

Und so tadle ich mich selber, weiss wie gut ich es habe im Vergleich zu vielen anderen. Ich betrachte den Novembergarten und erlebe das Orange der Kapuzinerkresse intensiv, lasse meine Augen unbeschwert geniessen. Ich nehme mir Zeit, den Nebelschwaden über der Sitter zuzuschauen und spüre immer mehr die Freude über das, was mir die Natur schenkt. Jeden Tag, wenn ich die Wunder vor meiner Haustüre mit offenen Augen wahrnehme.

Leichtigkeit spüre ich aber auch, wenn mir in einem Mail die Gedanken einer Freundin oder eines Freundes geschenkt werden, wenn das Telefon klingelt und wir Zeit für ein langes Gespräch haben. Der Austausch über die aktuelle Situation kommt meist zuerst, aber oft geht dann das Gespräch tiefer, kommen Gedanken an die Oberfläche, die mir neu sind.

Ich spüre dann für eine Weile unbeschwerte Leichtigkeit, weil mir die Kostbarkeit von Begegnungen mit anderen Menschen deutlich bewusst wird.

Ich bin dünnhäutiger in dieser Zeit, nehme mich, die anderen und die Umgebung sensibler wahr. Verletzungen sind möglich, aber auch ein aufmerksamer, achtsamer Umgang. Und manchmal schaue ich das Du, das Gegenüber erstaunt an und denke: Auch das gehört zu dir? In der Hektik der Tage habe ich möglicherweise liebenswerte und interessante Seiten übersehen.

Unbeschwerte Leichtigkeit – vielleicht feiere ich sie im Bewusstsein, wie viel mir geschenkt ist auch in Corona-Zeiten, ganz allein im Wald mit einem übermütigen Tanz bis ich ausser Atem bin.

11. November 2020
5'867 von Covid19 Betroffene

Abgesagt! – aber der Christbaum ist da!

Auch so ein Wort! Es gehört prominent zu unserem Alltag. Ja, auch der Weihnachtsmarkt wurde abgesagt. Kein Schlendern mit Glühwein durch die Marktstände. Kein fröhliches spontanes Treffen mit alten Bekannten. Der Chlausritt abgesagt. Enttäuschte Kindergesichter. Aber der grosse Christbaum auf dem Klosterplatz wurde gestern eingeflogen. Er wird mit seinem Licht ein zufriedenes Leuchten in die Gesichter zaubern – wenn auch auf Abstand betrachtet. Auch das gemeinsame St. Galler Weihnachtssingen ist abgesagt. Und so werden wir wohl allein, mit der Familie oder im kleinen Kreis den Christbaum besuchen, ihm unsere Reverenz erweisen. Er ist ein unübersehbares Zeichen für den eigentlichen Sinn von Weihnachten: Die Hoffnung darauf, dass das Licht wieder zunehmen wird, die Tage wieder länger, die Nächte kürzer werden. Und vielleicht wächst beim Betrachten des Baumes ganz leise die Hoffnung, dass auch diese Pandemie einmal vorbei sein wird.

Abgesagt! – ist aber jetzt noch die Realität. Vieles was uns lieb und teuer ist, wird nicht stattfinden. Keine Musik, kein Chorgesang – wie sehr gehören gerade Lieder zu Advent und Weihnachten! Werden wir kreative, alternative Formen zum Feiern finden? Stiller wird es so oder so – und haben wir nicht dann und wann von mehr Stille in dieser Zeit geträumt?

Abgesagt! – sind auch Kurse, Workshops, Chor- und Orchesterproben – diese Orte, die so wichtig sind, um miteinander das zu pflegen, was uns wichtig ist. Einsamkeit ist die grosse Gefahr. Werden wir auch hier Möglichkeiten finden, Begegnungen in aller Vorsicht und Achtsamkeit zu pflegen?

Abgesagt! – aber der Christbaum ist schon da und auch die Sterne leuchten bald über den Gassen. Werden wir die stillen Spaziergänge unter dem Sternenhimmel geniessen können?

12. November 2020

7'478 von Covid19 Betroffene

Das schönste Lächeln der Welt

Wenn ich durch die Stadt spaziere oder eile, weil ich meine Einkäufe so rasch als möglich erledigen möchte, ertappe ich mich dabei, wie ich schon von Weitem schaue, wo die Menschen dicht zusammen stehen, wie ich ihnen ausweichen könnte. Nur nicht zu nahe kommen! Wer weiss schon, ob jemand das Virus in sich trägt. Ich überlege mir Ausweichmanöver. Welch' furchtbares Wort! Militärisch, kriegerisch kommt es mir vor. Dabei will ich ja nicht den Menschen ausweichen – im Gegenteil! Das Bedürfnis, ihnen nahe zu sein, gerade in dieser uns alle betreffenden Katastrophe Pandemie, ist gross. Gerade in schwierigen, herausfordernden Zeiten könnte Nähe ein Trost sein. Doch ich weiche aus, suche Wege ohne Menschen.

Ich versuche mein Vermögen, das Lächeln in den Augen zu konzentrieren, zu verbessern. Der grösste Teil meines Gesichts ist versteckt hinter der Maske, das Lächeln nur in den Augen sichtbar, auch wenn der Mund, das ganze Gesicht mit lächelt. Ich würde so gerne ein verstehendes, mitfühlendes Lächeln verschenken. Denn wir sind ja alle Betroffene, ob uns das Virus direkt trifft oder nicht. Wir kennen Betroffene – und es werden immer mehr. Kaum ein Gespräch – meist am Telefon – an dem nicht darüber ausgetauscht wird, wer sich testen lassen musste und die bange Frage: positiv? Manchmal gelingt es, sozusagen ein Lächeln von zwei Betroffenen übers Telefon zu vermitteln. Dann, wenn der lächelnde, mitfühlende Klang in die Worte fliesst. Und auch dann, wenn wir uns trotz Abstand und Ausweichmanöver deutlich und freundlich begrüssen – lauter als sonst, weil der Gruss die Maskenschranke überwinden muss. Die Fähigkeit, einander Nähe und Freundlichkeit zu zeigen, müsste kultiviert werden.

Eine andere Kultur als die drei schnellen Küsschen im Vorbeigehen, das wenige vermissten. Aber eine Kultur des gegenseitigen sich Wahrnehmens, das echten Interesses, der Zuneigung, das könnten wir miteinander entdecken. Wie das geht, ohne Küsschen, ohne Körperkontakt? Vielleicht wächst eine neue Begegnungskultur. Wenn wir Distanz halten müssen, ist Aufmerksamkeit umso mehr gefragt. Auch auf Distanz ist es möglich, im Vorbeigehen die Anderen aufmerksam wahrzunehmen dem vorbeieilenden Du einen Moment in die Augen zu schauen, und dann vielleicht auch die Trauer, die Einsamkeit zu sehen. Das richtige Wort überwindet auch Maskenschranken.

Und wie uns selber nähren? Wie unser Bedürfnis nach Wahrgenommenwerden nähren? Manchmal wage ich es, in einen Kinderwagen zu schauen und werde oft belohnt mit dem schönsten Lächeln der Welt. Manchmal auch vom schüchternen Lächeln eines Kindes auf dem Weg. Sie wissen noch nichts von Corona, Klimawandel, Krieg und Flüchtlingselend. Sie sind einfach da. Leben! Nichts sonst! Sie sind gekommen, um uns zu trösten. Und ich erinnere mich an das schönste Lächeln der Welt, das nur mir gegolten hat. Das erste Lächeln unserer Kinder. Das erste Lächeln unseres Enkels. Wie genau erinnere ich mich an diese Augenblicke.

14. November 2020

6'739 von Covid19 Betroffene

Die Welt hält den Atem an

Noch wagen wir kaum zu atmen. Noch werden viel zu viele Menschen vom Virus infiziert. Noch werden in umliegenden Staaten drastische Massnahmen getroffen. Noch bleibe ich zu Hause, meide ich Kontakte. „Jeder Kontakt ist einer zu viel", sagte der österreichische Bundeskanzler Sebastian Kurz gestern. Welch' drastische Aussage! Keine Kontakte! Dabei sind wir doch angewiesen auf ein Du, den Austausch untereinander. Hat er dennoch Recht? Ist es tatsächlich so dramatisch? Sind wir alle in Gefahr? Das Virus so perfid, weder seh- hör- noch riechbar. Wer betroffen ist, verliert oft gerade den Geschmacks- und Geruchsinn. Perfid. Und wir wissen nie, wo es zuschlägt. Wissen nicht, wer das Virus in sich trägt. Wir halten den Atem an, wenn wir jemandem begegnen.

Und die Welt hält den Atem an. Diese weltweite Betroffenheit ist manchmal nicht zu fassen.

Aber es gibt auch die andern Schlagzeilen: Ein Impfstoff wird bald zur Verfügung stehen. Die Hoffnung ist gross, dass damit das Schlimmste überstanden ist. Und ohne das Prinzip Hoffnung kommt die Menschheit nicht aus.

Hoffnung erfüllt mich auch, wenn ich in den tiefblauen Himmel, ohne Kondensstreifen schaue. Noch wird kaum geflogen. Der Himmel hat seine Ruhe. Und ich frage mich, was wir daraus lernen können. Könnte es sein, dass diese Pandemie uns anbietet, neu zu denken? Wieder ein menschenmögliches Mass zu finden? Haben wir nicht völlig überbordet in unserem Grössenwahn? Die Hoffnung ist da. Vielleicht werden wir erfahren, wie gut ein Leben ist, das sich nicht am immer noch mehr orientiert. Auch dieser Gedanke lässt mich kurz den Atem anhalten. „Der Himmel ist nicht nur über unseren Köpfen. Er streckt sich runter auf die Erde. Immer wenn wir den Fuss vom Boden heben, laufen wir im Himmel." (Yoko Ono).

15. November 2020

17'000 von Covid19 Betroffene in Deutschland

124

Im Wellengang der Pandemie

Wer einem Surfer oder einer Surferin zuschaut, staunt mit welcher Präzision die Welle angesteuert wird. Wenn sich die Welle am höchsten auftürmt ist es vermutlich ein Gefühl wie fliegen. Aber es scheint auch der heikelste Moment zu sein. Können ist gefragt, sonst verschlingt dich die Welle mit Kraft. Mit Wellenreiten haben viele Bekanntschaft gemacht, die einmal am Meer waren. Auf die Welle zu springen, ist die vielversprechende Methode. Die Welle trägt dich mit Leichtigkeit in die Höhe – oder aber man verpasst den Moment und taucht unter.

Es wundert mich nicht, dass die Pandemie in Wellen eingeteilt wird. Die Schweiz ist in der zweiten Welle. Haben wir den Höhepunkt überschritten? Haben wir sie gut erwischt? Diese Frage können wir angesichts der vielen Toten nicht mit Ja beantworten. Zu viele Menschen sind betroffen von Covid19. Zu viele sind gestorben. Das erfüllt mit Ohnmachtsgefühlen und Trauer.

Surfen kann erlernt werden. Es ist sogar empfehlenswert. Können wir aus den Erfahrungen von zwei Wellen lernen? Und was sollen, müssen wir lernen?

Ich habe in dieser zweiten Welle gelernt, dass der Staat nicht alle Verantwortung übernehmen soll und kann. Wenn mir seine Massnahmen zu wenig wirksam erscheinen, bin ich frei, sie für mich anzupassen und so zu handeln, dass ich mich nicht gefährdet fühle. Das nennt man Eigenverantwortung. Aber genügt das? Bei aller persönlichen Vorsicht kann ich trotzdem gefährdet sein, wenn andere nicht vorsichtig sind.

Die eigene Freiheit ist ein hohes Gut und wird gerade in der Schweiz seit jeher mit Vehemenz verteidigt. Ich habe allerdings auch gelernt, dass die eigene Freiheit dort aufhört, wo sie die Freiheit des Nächsten bedroht. Das könnte doch ein Ansatz sein, die zweite Welle – oder wenn es so kommen sollte, auch die dritte – gemeinsam so zu meistern, dass sie sich nicht zu hoch auftürmt und möglichst bald sich in flachen Gewässern auflöst.

Wellen wecken eindrückliche Bilder und Erinnerungen. Am Meer zu sitzen und dem Wellengang zuzuschauen ist entspannend und schön zugleich. Aber Wellen werden bedrohlich, wenn ein Unwetter kommt. Dann ist oft nur noch Flucht angesagt. Corona-Wellen sind bedrohlich, ja lebensbedrohlich. Manchmal bleibt nur Rückzug bis das Ärgste vorbei ist, zum eigenen Schutz und zum Schutz der anderen.

17. November 2020

4'040 von Covid19 Betroffene

Die Autorin

Ruth Rechsteiner ist seit Jahrzehnten mit Worten und Geschichten unterwegs. Früher als Journalistin und Redaktorin, seit mehr als zwanzig Jahren als Erwachsenenbildnerin. In Schreibwerkstätten will sie auch andere fürs geschriebene Wort begeistern. Aufgewachsen ist sie in St. Gallen. Dann wohnte sie mit ihrem Mann, dem Sohn und der Tochter viele Jahre „anderswo". Jetzt lebt sie mit ihrem Mann wieder in ihrer Heimatstadt St. Gallen, wo sie reiche Inspirationsquellen für ihre Geschichten findet.